Victor Hugo

Claude Gueux (1834)

Texte intégral

LE DOSSIER

Un récit engagé

L'ENQUÊTE

À quoi ressemblait la prison au XIXe siècle ?
Qu'en est-il aujourd'hui ?

Collection dirigée par
Bertrand Louët

Notes et dossier
Isabelle Cristofari
professeur de lettres modernes

Hatier

Sommaire

OUVERTURE

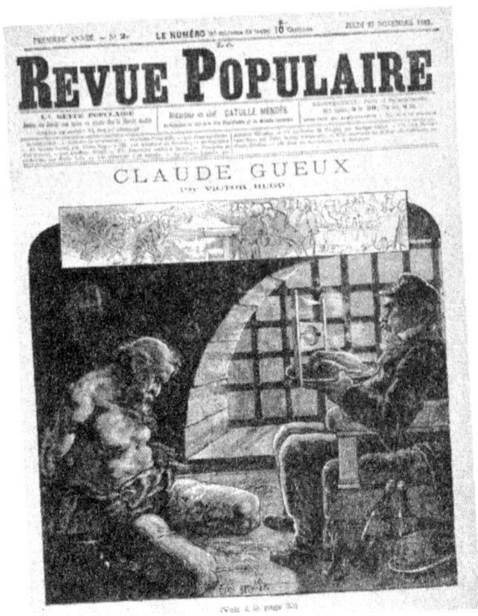

ISBN : 978-2-218-95914-1

* Tous les mots suivis d'un * sont expliqués dans les lexiques p. 88 à 90.

Qui sont les personnages ?

Les rôles principaux

CLAUDE GUEUX
Héros de l'histoire, il est âgé de 36 ans et se retrouve enfermé dans la prison de Clairvaux pour vol. C'est un homme estimable, bon, mais victime de la société.

Les seconds rôles

LES PRISONNIERS : Ils reconnaissent l'autorité de Claude. Acquis à sa cause, ils lui sont dévoués et le soutiennent dans ses démarches. Ils lui témoignent une grande admiration et un profond respect.

ALBIN

Âgé de 20 ans, il est l'ami de Claude, qui devient son protecteur en prison.

LE DIRECTEUR DES ATELIERS

Désigné par ses seules initiales « M.D. », c'est un homme tyrannique et inflexible à l'égard des prisonniers. Il n'accède à aucune des suppliques de Claude Gueux et le conduit au désespoir.

LA FEMME ET L'ENFANT DE CLAUDE GUEUX : Ces personnages restent anonymes et sont brièvement évoqués dans le texte, mais on sait que c'est par amour pour eux que Claude Gueux a volé et s'est retrouvé en prison.

Quelle est l'histoire ?

Les circonstances

Claude Gueux est un héros de fait divers, avant d'être un personnage de nouvelle.
En 1832, dans *La Gazette des Tribunaux*, Hugo découvre le parcours de cet homme, de son emprisonnement jusqu'à sa condamnation à mort.
Victor Hugo s'appuie sur cette histoire pour écrire un texte engagé, publié dans *La Revue de Paris* en 1834, puis diffusé auprès de la Chambre des députés par le négociant Charles Carlier.

L'action

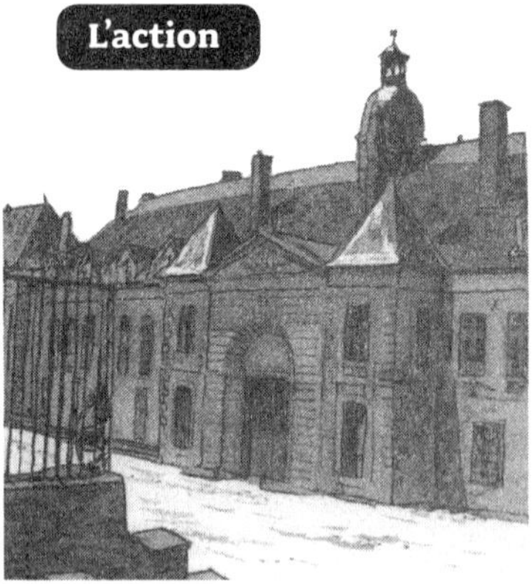

Claude Gueux, ouvrier vivant dans la misère, a été envoyé à la maison centrale de Clairvaux pour avoir commis un vol. Il est aimé des prisonniers, mais détesté du personnel auquel il n'hésite pas à tenir tête.

Un jour, un nouveau prisonnier, prénommé Albin, arrive à Clairvaux. Claude et Albin deviennent amis : ils se parlent peu, mais partagent tout.

Le but

Victor Hugo s'applique à faire de Claude Gueux un héros, un martyr de la société et de sa justice. *Claude Gueux* est à la fois **un réquisitoire** contre un système judiciaire inique, responsable de la déchéance d'un homme, et **un plaidoyer** pour une société plus juste.

« Un Juge mécontent », dessin de Victor Hugo (lavis), XIXe siècle – Paris, Musée Victor Hugo. « Pas content d'entendre clabauder contre la peine de mort. Qu'est-ce que c'est que toutes ces déclamations-là ! »

Le directeur des ateliers, M.D., jaloux de la popularité de Claude, décide arbitrairement de le séparer d'Albin. Claude apprend par hasard du guichetier que son ami a été changé de quartier.
Le 25 octobre, Claude pose un ultimatum au directeur et il est mis au cachot.

Le 4 novembre, sa décision est prise.
À la demande de ses camarades, il supplie une dernière fois M. D., mais celui-ci, intransigeant, se montre sourd à ses demandes...

Qui est l'auteur ?

Victor Hugo

● DES PREMIERS SUCCÈS D'UN JEUNE HOMME RANGÉ...

Victor Hugo naît le 26 février 1802, à Besançon. Il acquiert une rapide notoriété littéraire. Royaliste, il devient le chantre de la Restauration. Il mène une vie rangée en compagnie d'Adèle, sa femme et leurs enfants.

● ...À LA GLOIRE LITTÉRAIRE D'UN GÉNIE CONTROVERSÉ.

Chef de file du romantisme, Hugo définit un art théâtral nouveau dans sa *Préface de Cromwell* et déchaîne les foules en 1830 avec sa pièce *Hernani*. Déçu par le gouvernement de Charles X, il se rapproche des libéraux davantage sensibilisés aux questions sociales. Il se soucie de l'éducation du peuple et condamne la peine de mort dans *Le Dernier Jour d'un condamné* (1829). En 1834, Hugo dénonce à nouveau une société impitoyable pour les misérables en publiant *Claude Gueux*.

● UN AUTEUR ET HOMME POLITIQUE DE PREMIER PLAN...

À la mort de sa fille Léopoldine, en 1843, Hugo ne publie plus rien pendant dix ans. C'est à cette époque qu'il s'investit en politique. En 1848, Hugo est élu député à l'Assemblée constituante.

● ...QUE SON COURAGE FORCE À L'EXIL.

Quand la République tombe, à cause du coup d'État du 2 décembre 1851, Hugo publie *Napoléon-le-Petit*, pamphlet contre Louis Napoléon Bonaparte. Il est alors exilé à Jersey puis à Guernesey pendant près de 20 ans. Il y écrit : *Les Châtiments* (1853), *Les Contemplations* (1856), *La Légende des siècles* (1859) et *Les Misérables* (1862). À la chute du Second Empire en 1870, Hugo rentre en France. Il meurt le 22 mai 1885.

VIE DE VICTOR HUGO	**1829** *Le Dernier Jour d'un condamné*	**1830** Bataille d'*Hernani*	**1831** *Notre-Dame de Paris*	**1834** Publication de *Claude Gueux*
HISTOIRE	**1824-1830** Règne de Charles X	**1830** Révolution de Juillet ; « Les Trois Glorieuses »	**1830-1848** Règne de Louis-Philippe	

Que se passe-t-il à l'époque ?

Sur le plan politique

● LA RÉVOLUTION DE JUILLET

En 1830, l'hiver est terrible, de nombreux ouvriers sont au chômage, des enfants meurent de faim. Cette misère suscite des tensions sociales.
La révolution de Juillet éclate et pendant 3 jours, « les Trois Glorieuses », il y a des affrontements dans les rues.
Hugo soutient ce mouvement.
C'est le début de la monarchie de Juillet : Louis-Philippe règne de 1830 à 1848.

● LA LOI GUIZOT

En 1833, la loi Guizot sur l'enseignement primaire vise à lutter contre l'illettrisme en France grâce aux écoles élémentaires.

● LES RÉVOLTES POPULAIRES

En 1834, des révoltes populaires sont réprimées dans le sang : la révolte des Canuts à Lyon, le massacre de la rue Transnonain à Paris.

Dans le domaine des lettres

● ROMANTISME ET RÉALISME

Ce sont les deux courants littéraires dominants. Le romantisme exalte le sentiment de la nature, souvent éprouvé par un individu mélancolique : Chateaubriand et Lamartine en sont de célèbres représentants. Le réalisme, avec Zola ou Flaubert, choisit le roman pour restituer la réalité grâce à une observation scrupuleuse des faits.

● QUELQUES ŒUVRES MAJEURES

En 1828, Vidocq écrit ses *Mémoires*.
En 1829, Hugo écrit *Le Dernier Jour d'un condamné* et il publie *Notre-Dame de Paris* en 1831.
En 1830, paraît *Le Rouge et le Noir*, de Stendhal.
En 1831, Delacroix peint *La liberté guidant le peuple*.
Entre 1834 et 1837, Berlioz compose son opéra *Benvenuto Cellini*.

1839	1843	1848	1852	1856-1862	1885
Hugo obtient de Louis-Philippe la grâce d'Armand Barbès, condamné à mort	Mort de sa fille Léopoldine	Il est élu à l'Assemblée constituante et évolue vers la gauche républicaine	*Napoléon-le-Petit* ; exil	Publication en exil d'œuvres majeures : *Les Contemplations* (1856), *La Légende des siècles* (1859), *Les Misérables* (1862)	Mort de Victor Hugo

Claude Gueux

Il y a sept ou huit ans, un homme nommé Claude Gueux, pauvre ouvrier, vivait à Paris. Il avait avec lui une fille[1] qui était sa maîtresse, et un enfant de cette fille. Je dis les choses comme elles sont, laissant le lecteur ramasser les moralités[2] à mesure que les faits les sèment sur leur chemin. L'ouvrier était capable, habile, intelligent, fort maltraité par l'éducation, fort bien traité par la nature, ne sachant pas lire et sachant penser. Un hiver, l'ouvrage manqua. Pas de feu ni de pain dans le galetas[3]. L'homme, la fille et l'enfant eurent froid et faim. L'homme vola. Je ne sais ce qu'il vola, je ne sais où il vola. Ce que je sais, c'est que de ce vol il résulta trois jours de pain et de feu pour la femme et pour l'enfant, et cinq ans de prison pour l'homme.

L'homme fut envoyé faire son temps à la maison centrale de Clairvaux[4]. Clairvaux, abbaye dont on a fait une bastille[5], cellule[6] dont on a fait un cabanon[7], autel dont on a fait un pilori[8].

1. **Fille** : jeune femme non mariée.
2. ***Ramasser les moralités*** : tirer la leçon.
3. **Galetas** : logement loué à bas prix, situé sous les toits.
4. **Clairvaux** : ancienne abbaye transformée en prison en 1808.
5. **Bastille** : prison.
6. **Cellule** : petite chambre destinée à un(e) religieux(se).
7. **Cabanon** : cachot.
8. **Pilori** : poteau où l'on attachait le criminel, exposé à la vue de tous.

Quand nous parlons de progrès, c'est ainsi que certaines gens le comprennent et l'exécutent. Voilà la chose qu'ils mettent sous notre mot.

Poursuivons :

Arrivé là, on le mit dans un cachot pour la nuit, et dans un atelier[1] pour le jour. Ce n'est pas l'atelier que je blâme.

Claude Gueux, honnête ouvrier naguère, voleur désormais, était une figure digne et grave[2]. Il avait le front haut, déjà ridé, quoique jeune encore, quelques cheveux gris perdus dans les touffes noires, l'œil doux et fort puissamment enfoncé sous une arcade sourcilière bien modelée, les narines ouvertes, le menton avancé, la lèvre dédaigneuse. C'était une belle tête.

On va voir ce que la société en a fait[3].

Il avait la parole rare, le geste peu fréquent, quelque chose d'impérieux[4] dans toute sa personne et qui se faisait obéir, l'air pensif, sérieux plutôt que souffrant. Il avait pourtant bien souffert.

Dans le dépôt[5] où Claude Gueux était enfermé, il y avait un directeur des ateliers, espèce[6] de fonctionnaire propre aux prisons, qui tient tout ensemble du guichetier[7] et du marchand, qui fait en même temps une commande à l'ouvrier et une menace au prisonnier, qui vous met l'outil aux mains et les fers aux pieds●. Celui-là était lui-même une variété dans l'espèce, un homme

1. ***On le mit dans un atelier*** : les prisonniers étaient obligés de travailler dans des ateliers, à l'intérieur de la prison.
2. **Grave** : sérieuse.
3. ***On va voir ce que la société en a fait*** : annonce de l'issue tragique du récit.
4. **Impérieux** : autoritaire.
5. **Dépôt** : prison.
6. **Espèce** : ensemble d'individus partageant certaines caractéristiques.
7. **Guichetier** : gardien qui ouvre et ferme le guichet (ouverture), pour passer le repas au prisonnier.

● **Le maître des ateliers pouvait recevoir des commandes de marchands et faire exécuter le travail par les prisonniers. Les fers sont les anneaux qui entravent les chevilles des prisonniers.**

bref[1], tyrannique, obéissant à ses idées, toujours à courte bride sur son autorité[2] ; d'ailleurs, dans l'occasion, bon compagnon, bon prince, jovial même et raillant[3] avec grâce ; dur plutôt que ferme ; ne raisonnant avec personne, pas même avec lui ; bon père, bon mari sans doute, ce qui est devoir et non vertu ; en un mot, pas méchant, mauvais[4]. C'était un de ces hommes qui n'ont rien de vibrant ni d'élastique, qui sont composés de molécules inertes[5], qui ne résonnent au choc d'aucune idée, au contact d'aucun sentiment, qui ont des colères glacées, des haines mornes[6], des emportements sans émotion, qui prennent feu sans s'échauffer, dont la capacité de calorique[7] est nulle, et qu'on dirait souvent faits de bois ; ils flambent par un bout et sont froids par l'autre. La ligne principale, la ligne diagonale du caractère de cet homme, c'était la ténacité. Il était fier d'être tenace, et se comparait à Napoléon. Ceci n'est qu'une illusion d'optique. Il y a nombre de gens qui en sont dupes et qui, à certaine distance, prennent la ténacité pour de la volonté, et une chandelle pour une étoile. Quand cet homme donc avait une fois ajusté ce qu'il appelait sa volonté à une chose absurde, il allait tête haute et à travers toute broussaille jusqu'au bout de la chose absurde. L'entêtement sans l'intelligence, c'est la sottise soudée au bout de la bêtise et lui servant de rallonge. Cela va loin. En général, quand une catastrophe

1. **Bref** : autoritaire.
2. ***Toujours à courte bride sur son autorité*** : qui est excessivement autoritaire.
3. **Railler** : plaisanter.
4. **Méchant** : qui agit mal. **Mauvais** : qui aime faire le mal.
5. **Molécules inertes** : le choix du lexique scientifique, pour caractériser le directeur, contribue à le vider de son humanité.
6. **Morne** : triste.
7. **Capacité de calorique** : capacité de chaleur.

privée ou publique s'est écroulée sur nous, si nous examinons, d'après les décombres[1] qui en gisent à terre, de quelle façon elle s'est échafaudée, nous trouvons presque toujours qu'elle a été aveuglément construite par un homme médiocre et obstiné qui avait foi en lui et qui s'admirait. Il y a par le monde beaucoup de ces petites fatalités[2] têtues qui se croient des providences.

Voilà donc ce que c'était que le directeur des ateliers de la prison centrale de Clairvaux. Voilà de quoi était fait le briquet[3] avec lequel la société frappait chaque jour sur les prisonniers pour en tirer des étincelles.

L'étincelle que de pareils briquets arrachent à de pareils cailloux allume souvent des incendies.

Nous avons dit qu'une fois arrivé à Clairvaux, Claude Gueux fut numéroté dans un atelier et rivé à une besogne. Le directeur de l'atelier fit connaissance avec lui, le reconnut bon ouvrier, et le traita bien. Il paraît même qu'un jour, étant de bonne humeur, et voyant Claude Gueux fort triste, car cet homme pensait toujours à celle qu'il appelait sa femme, il lui conta, par manière de jovialité et de passe-temps, et aussi pour le consoler, que cette malheureuse s'était faite fille publique[4]. Claude demanda froidement ce qu'était devenu l'enfant. On ne savait.

Au bout de quelques mois, Claude s'acclimata à l'air de la prison et parut ne plus songer à rien. Une certaine sérénité[5] sévère, propre à son caractère, avait repris le dessus.

1. **Décombres** : ruines.
2. **Fatalité** : enchaînement de circonstances réglé par le destin, qui mène à la mort.
3. **Briquet** : pièce d'acier qui sert à allumer un feu.
4. **Fille publique** : prostituée.
5. **Sérénité** : calme.

Au bout du même espace de temps à peu près, Claude avait acquis un ascendant[1] singulier sur tous ses compagnons. Comme par une sorte de convention tacite[2], et sans que personne sût pourquoi, pas même lui, tous ces hommes le consultaient, l'écoutaient, l'admiraient et l'imitaient, ce qui est le dernier degré ascendant de l'admiration. Ce n'était pas une médiocre gloire d'être obéi par toutes ces natures désobéissantes. Cet empire[3] lui était venu sans qu'il y songeât. Cela tenait au regard qu'il avait dans les yeux. L'œil de l'homme est une fenêtre par laquelle on voit les pensées qui vont et viennent dans sa tête.

Mettez un homme qui contient des idées parmi des hommes qui n'en contiennent pas, au bout d'un temps donné, et par une loi d'attraction irrésistible, tous les cerveaux ténébreux graviteront humblement et avec adoration autour du cerveau rayonnant. Il y a des hommes qui sont fer et des hommes qui sont aimant. Claude était aimant.

En moins de trois mois donc, Claude était devenu l'âme, la loi et l'ordre de l'atelier. Toutes ces aiguilles tournaient sur son cadran. Il devait douter lui-même par moments s'il était roi ou prisonnier. C'était une sorte de pape captif avec ses cardinaux[4].

Et, par une réaction toute naturelle, dont l'effet s'accomplit sur toutes les échelles, aimé des prisonniers, il était détesté des geôliers[5]. Cela est toujours ainsi. La popularité ne va jamais sans la défaveur. L'amour des esclaves est toujours doublé de la haine des maîtres.

1. **Ascendant** : influence.
2. **Convention tacite** : un accord non formulé mais évident.
3. **Empire** : pouvoir.
4. **Cardinaux** : les cardinaux appartiennent à l'Église catholique. Ils élisent le pape.
5. **Geôlier** : gardien de prison.

Claude Gueux était grand mangeur. C'était une particularité de son organisation. Il avait l'estomac fait de telle sorte que la nourriture de deux hommes ordinaires suffisait à peine à sa journée. M. de Cotadilla avait un de ces appétits-là, et en riait ; mais ce qui est une occasion de gaieté pour un duc, grand d'Espagne, qui a cinq cent mille moutons, est une charge pour un ouvrier et un malheur pour un prisonnier.

Claude Gueux, libre dans son grenier, travaillait tout le jour, gagnait son pain de quatre livres[1] et le mangeait. Claude Gueux, en prison, travaillait tout le jour et recevait invariablement pour sa peine une livre et demie de pain et quatre onces[2] de viande. La ration est inexorable. Claude avait donc habituellement faim dans la prison de Clairvaux.

Il avait faim, et c'était tout. Il n'en parlait pas. C'était sa nature ainsi.

Un jour, Claude venait de dévorer sa maigre pitance[3], et s'était remis à son métier, croyant tromper la faim par le travail. Les autres prisonniers mangeaient joyeusement. Un jeune homme, pâle, blanc, faible, vint se placer près de lui. Il tenait à la main sa ration, à laquelle il n'avait pas encore touché, et un couteau. Il restait là debout, près de Claude, ayant l'air de vouloir parler et de ne pas oser. Cet homme, et son pain, et sa viande, importunaient Claude.

– Que veux-tu ? dit-il enfin brusquement.

– Que tu me rendes un service, dit timidement le jeune homme.

– Quoi ? reprit Claude.

M. de Cotadilla, un commandant, a accompagné à Madrid la mère de V. Hugo en 1811.

1. **Livre** : une livre équivalait à 500 g environ.
2. **Once** : une once équivalait à 25 g environ.
3. **Maigre pitance** : pauvre repas.

– Que tu m'aides à manger cela. J'en ai trop.

Une larme roula dans l'œil hautain de Claude. Il prit le couteau, partagea la ration du jeune homme en deux parts égales, en prit une, et se mit à manger.

– Merci, dit le jeune homme. Si tu veux, nous partagerons comme cela tous les jours.

– Comment t'appelles-tu ? dit Claude Gueux.

– Albin[1].

– Pourquoi es-tu ici ? reprit Claude.

– J'ai volé.

– Et moi aussi, dit Claude.

Ils partagèrent en effet de la sorte tous les jours. Claude Gueux avait trente-six ans, et par moments il en paraissait cinquante, tant sa pensée habituelle était sévère. Albin avait vingt ans, on lui en eût donné dix-sept, tant il y avait encore d'innocence dans le regard de ce voleur. Une étroite amitié se noua entre ces deux hommes, amitié de père à fils plutôt que de frère à frère. Albin était encore presque un enfant ; Claude était déjà presque un vieillard.

Ils travaillaient dans le même atelier, ils couchaient sous la même clef de voûte●, ils se promenaient dans le même préau, ils mordaient au même pain. Chacun des deux amis était l'univers pour l'autre. Il paraît qu'ils étaient heureux.

Nous avons déjà parlé du directeur des ateliers. Cet homme, haï des prisonniers, était souvent obligé, pour se faire obéir d'eux, d'avoir recours à Claude Gueux, qui en était aimé. Dans plus d'une occasion, lorsqu'il s'était agi d'empêcher une rébellion ou

1. **Albin vient du latin *albus*** : blanc.

● **Ils dorment dans une salle voûtée comme il y en a dans les abbayes.**

un tumulte[1], l'autorité sans titre de Claude Gueux avait prêté main-forte à l'autorité officielle du directeur. En effet, pour contenir les prisonniers, dix paroles de Claude valaient dix gendarmes. Claude avait maintes fois rendu ce service au directeur. Aussi le directeur le détestait-il cordialement. Il était jaloux de ce voleur. Il avait au fond du cœur une haine secrète, envieuse, implacable[2], contre Claude, une haine de souverain de droit à souverain de fait[3], de pouvoir temporel à pouvoir spirituel●.

Ces haines-là sont les pires.

Claude aimait beaucoup Albin, et ne songeait pas au directeur.

Un jour, un matin, au moment où les condamnés passaient deux à deux du dortoir dans l'atelier, un guichetier appela Albin, qui était à côté de Claude, et le prévint que le directeur le demandait.

– Que te veut-on ? dit Claude.

– Je ne sais pas, dit Albin.

Le guichetier emmena Albin.

La matinée se passa, Albin ne revint pas à l'atelier. Quand arriva l'heure du repas, Claude pensa qu'il retrouverait Albin au préau. Albin n'était pas au préau. On rentra dans l'atelier, Albin ne reparut pas dans l'atelier. La journée s'écoula ainsi. Le soir, quand on ramena les prisonniers dans leur dortoir, Claude y chercha des yeux Albin, et ne le vit pas. Il paraît qu'il souffrit beaucoup dans ce moment-là, car il adressa la parole à un guichetier, ce qu'il ne faisait jamais.

– Est-ce qu'Albin est malade ? dit-il.

– Non, répondit le guichetier.

1. **Tumulte** : agitation bruyante.
2. **Implacable** : sans pitié.
3. **Souverain de droit... de fait** : le premier détient le pouvoir selon la Loi, le second exerce en réalité ce pouvoir.

● **Le pouvoir temporel est politique, le pouvoir spirituel est religieux.**

– D'où vient donc, reprit Claude, qu'il n'a pas reparu aujourd'hui ?

– Ah ! dit négligemment le porte-clefs[1], c'est qu'on l'a changé de quartier[2].

Les témoins qui ont déposé[3] de ces faits plus tard remarquèrent qu'à cette réponse du guichetier la main de Claude, qui portait une chandelle allumée, trembla légèrement. Il reprit avec calme :

– Qui a donné cet ordre-là ?

Le guichetier répondit :

– M. D.

Le directeur des ateliers s'appelait M. D.

La journée du lendemain se passa comme la journée précédente, sans Albin.

Le soir, à l'heure de la clôture des travaux, le directeur, M. D., vint faire sa ronde habituelle dans l'atelier. Du plus loin que Claude le vit, il ôta son bonnet de grosse laine, il boutonna sa veste grise, triste livrée● de Clairvaux, car il est de principe dans les prisons qu'une veste respectueusement boutonnée prévient favorablement les supérieurs, et il se tint debout et son bonnet à la main à l'entrée de son banc, attendant le passage du directeur. Le directeur passa.

– Monsieur ! dit Claude.

Le directeur s'arrêta et se détourna à demi.

– Monsieur, reprit Claude, est-ce que c'est vrai qu'on a changé Albin de quartier ?

– Oui, répondit le directeur.

1. **Porte-clefs** : gardien de prison, qui porte les clefs.
2. **Quartier** : voir le *Petit lexique des prisons* (p. 89).
3. **Déposer** : ils témoignent devant un juge, dans le procès.

● **La livrée est la tenue portée par les domestiques. Ici, il s'agit du costume pénitentiaire, que les détenus devaient porter (voir *L'Enquête*).**

– Monsieur, poursuivit Claude, j'ai besoin d'Albin pour vivre.

Il ajouta :

– Vous savez que je n'ai pas assez de quoi manger avec la ration de la maison, et qu'Albin partageait son pain avec moi.

– C'était son affaire, dit le directeur.

– Monsieur, est-ce qu'il n'y aurait pas moyen de faire remettre Albin dans le même quartier que moi ?

– Impossible. Il y a décision prise.

– Par qui ?

– Par moi.

– Monsieur D., reprit Claude, c'est la vie ou la mort pour moi, et cela dépend de vous.

– Je ne reviens jamais sur mes décisions.

– Monsieur, est-ce que je vous ai fait quelque chose ?

– Rien.

– En ce cas, dit Claude, pourquoi me séparez-vous d'Albin ?

– Parce que, dit le directeur.

Cette explication donnée, le directeur passa outre[1].

Claude baissa la tête et ne répliqua pas. Pauvre lion en cage à qui l'on ôtait son chien.

Nous sommes forcé de dire que le chagrin de cette séparation n'altéra[2] en rien la voracité[3] en quelque sorte maladive du prisonnier. Rien d'ailleurs ne parut sensiblement changé en lui. Il ne parlait d'Albin à aucun de ses camarades. Il se promenait seul dans le préau aux heures de récréation, et il avait faim. Rien de plus.

1. **Passa outre** : M.D. poursuit son chemin, sans répondre à la question de Claude.
2. **Altéra** : changea.
3. **Voracité** : grand appétit.

Cependant ceux qui le connaissaient bien remarquaient quelque chose de sinistre et de sombre qui s'épaississait chaque jour de plus en plus sur son visage. Du reste, il était plus doux que jamais.

Plusieurs voulurent partager leur ration avec lui, il refusa en souriant.

Tous les soirs, depuis l'explication que lui avait donnée le directeur, il faisait une espèce de chose folle qui étonnait de la part d'un homme aussi sérieux. Au moment où le directeur, ramené à heure fixe par sa tournée habituelle, passait devant le métier[1] de Claude, Claude levait les yeux et le regardait fixement, puis il lui disait d'un ton plein d'angoisse et de colère, qui tenait à la fois de la prière et de la menace, ces deux mots seulement : *Et Albin ?* Le directeur faisait semblant de ne pas entendre ou s'éloignait en haussant les épaules.

Cet homme avait tort de hausser les épaules, car il était évident pour tous les spectateurs de ces scènes étranges que Claude Gueux était intérieurement déterminé à quelque chose. Toute la prison attendait avec anxiété quel serait le résultat de cette lutte entre une ténacité et une résolution.

Il a été constaté qu'une fois entre autres Claude dit au directeur :

– Écoutez, monsieur, rendez-moi mon camarade. Vous ferez bien, je vous assure. Remarquez[2] que je vous dis cela.

Une autre fois, un dimanche, comme il se tenait dans le préau, assis sur une pierre, les coudes sur les genoux et son front dans ses mains, immobile depuis plusieurs heures dans la même attitude, le condamné Faillette s'approcha de lui, et lui cria en riant :

1. **Métier** : métier à tisser.
2. **Remarquez** : prêtez attention.

– Que diable fais-tu donc là, Claude ?

Claude leva lentement sa tête sévère et dit :

– *Je juge quelqu'un.*

Un soir enfin, le 25 octobre 1831, au moment où le directeur faisait sa ronde, Claude brisa sous son pied avec bruit un verre de montre qu'il avait trouvé le matin dans un corridor. Le directeur demanda d'où venait ce bruit.

– Ce n'est rien, dit Claude, c'est moi. Monsieur le directeur, rendez-moi mon camarade.

– Impossible, dit le maître.

– Il le faut pourtant, dit Claude d'une voix basse et ferme ; et, regardant le directeur en face, il ajouta :

– Réfléchissez. Nous sommes aujourd'hui le 25 octobre. Je vous donne jusqu'au 4 novembre.

Un guichetier fit remarquer à M. D. que Claude le menaçait, et que c'était un cas de cachot●.

– Non, point de cachot, dit le directeur avec un sourire dédaigneux ; il faut être bon avec ces gens-là !

Le lendemain, le condamné Pernot aborda Claude, qui se promenait seul et pensif, laissant les autres prisonniers s'ébattre[1] dans un petit carré de soleil à l'autre bout de la cour.

– Hé bien ! Claude, à quoi songes-tu ? Tu parais triste.

– *Je crains,* dit Claude, *qu'il n'arrive bientôt quelque malheur à ce bon M. D.*

1. **S'ébattre** : se détendre.

● **Le comportement de Claude est passible de cette sanction. Le cachot est une cellule d'isolement à l'intérieur de la prison.**

Il y a neuf jours pleins du 25 octobre au 4 novembre. Claude n'en laissa pas passer un sans avertir gravement le directeur de l'état de plus en plus douloureux où le mettait la disparition d'Albin. Le directeur, fatigué, lui infligea une fois vingt-quatre heures de cachot, parce que la prière ressemblait trop à une sommation[1]. Voilà tout ce que Claude obtint. Le 4 novembre arriva. Ce jour-là, Claude s'éveilla avec un visage serein qu'on ne lui avait pas encore vu depuis le jour où la *décision* de M. D. l'avait séparé de son ami. En se levant, il fouilla dans une espèce de caisse de bois blanc qui était au pied de son lit, et qui contenait ses quelques guenilles[2]. Il en tira une paire de ciseaux de couturière. C'était, avec un volume dépareillé de l'*Émile*, la seule chose qui lui restât de la femme qu'il avait aimée, de la mère de son enfant, de son heureux petit ménage d'autrefois. Deux meubles[3] bien inutiles pour Claude ; les ciseaux ne pouvaient servir qu'à une femme, le livre qu'à un lettré. Claude ne savait ni coudre ni lire.

Au moment où il traversait le vieux cloître[4] déshonoré et blanchi à la chaux qui sert de promenoir l'hiver, il s'approcha du condamné Ferrari, qui regardait avec attention les énormes barreaux d'une croisée[5]. Claude tenait à la main la petite paire de ciseaux ; il la montra à Ferrari en disant :

1. **Sommation** : menace.
2. **Guenilles** : vieux vêtements, en mauvais état.
3. **Meubles** : objets.
4. **Cloître** : cour intérieure dans un édifice religieux, qui est également un lieu de prière.
5. **Croisée** : fenêtre.

Émile ou *De l'Éducation* est une œuvre de Jean-Jacques Rousseau, parue en 1762, qui retrace un programme d'éducation idéal. Hugo, par ce détail, semble rappeler au lecteur que la société a le devoir d'éduquer le peuple.

Le cloître est déshonoré, car cet ancien lieu de prière est devenu une prison !

– Ce soir je couperai ces barreaux-ci avec ces ciseaux-là.

Ferrari, incrédule, se mit à rire, et Claude aussi.

Ce matin-là, il travailla avec plus d'ardeur qu'à l'ordinaire ; jamais il n'avait fait si vite et si bien. Il parut attacher un certain prix à terminer dans la matinée un chapeau de paille que lui avait payé d'avance un honnête bourgeois de Troyes, M. Bressier[1].

Un peu avant midi, il descendit sous un prétexte à l'atelier des menuisiers, situé au rez-de-chaussée, au-dessous de l'étage où il travaillait. Claude était aimé là comme ailleurs, mais il y entrait rarement. Aussi :

– Tiens ! voilà Claude !

On l'entoura. Ce fut une fête. Claude jeta un coup d'œil rapide dans la salle. Pas un des surveillants n'y était.

– Qui est-ce qui a une hache à me prêter ? dit-il.

– Pour quoi faire ? lui demanda-t-on.

Il répondit :

– C'est pour tuer ce soir le directeur des ateliers.

On lui présenta plusieurs haches à choisir. Il prit la plus petite, qui était fort tranchante, la cacha dans son pantalon, et sortit. Il y avait là vingt-sept prisonniers.

Il ne leur avait pas recommandé le secret. Tous le gardèrent.

Ils ne causèrent même pas de la chose entre eux.

Chacun attendit de son côté ce qui arriverait. L'affaire était terrible, droite et simple. Pas de complication possible. Claude ne pouvait être ni conseillé ni dénoncé.

Une heure après, il aborda un jeune condamné de seize ans qui bâillait[2] dans le promenoir, et lui conseilla d'apprendre à lire. En ce moment, le détenu Faillette accosta Claude, et lui demanda ce

1. M. Bressier a passé une commande à M.D.
2. **Bâillait** : s'ennuyait.

que diable il cachait là dans son pantalon. Claude dit :

– C'est une hache pour tuer M. D. ce soir.

Il ajouta :

– Est-ce que cela se voit ?

– Un peu, dit Faillette.

Le reste de la journée fut à l'ordinaire. À sept heures du soir, on renferma les prisonniers, chaque section dans l'atelier qui lui était assigné ; et les surveillants sortirent des salles de travail, comme il paraît que c'est l'habitude, pour ne rentrer qu'après la ronde du directeur.

Claude Gueux fut donc verrouillé[1] comme les autres dans son atelier avec ses compagnons de métier.

Alors il se passa dans cet atelier une scène extraordinaire, une scène qui n'est ni sans majesté[2] ni sans terreur, la seule de ce genre qu'aucune histoire puisse raconter.

Il y avait là, ainsi que l'a constaté l'instruction judiciaire[3] qui a eu lieu depuis, quatre-vingt-deux voleurs, y compris Claude.

Une fois que les surveillants les eurent laissés seuls, Claude se leva debout sur son banc, et annonça à toute la chambrée qu'il avait quelque chose à dire. On fit silence. Alors Claude haussa la voix et dit :

– Vous savez tous qu'Albin était mon frère. Je n'ai pas assez de ce qu'on me donne ici pour manger. Même en n'achetant que du pain avec le peu que je gagne●, cela ne suffirait pas. Albin partageait sa ration avec moi ; je l'ai aimé d'abord parce qu'il m'a nourri, ensuite parce qu'il m'a aimé. Le directeur, M. D., nous a séparés. Cela ne lui faisait rien que nous fussions ensemble ;

1. **Verrouillé** : enfermé.
2. **Majesté** : grandeur propre à inspirer le respect.
3. **Instruction judiciaire** : enquête qui prépare un procès.

● **Les prisonniers pouvaient disposer du tiers du produit de la vente des objets fabriqués.**

mais c'est un méchant homme, qui jouit de tourmenter. Je lui ai redemandé Albin. Vous avez vu ? Il n'a pas voulu. Je lui ai donné jusqu'au 4 novembre pour me rendre Albin. Il m'a fait mettre au cachot pour avoir dit cela. Moi, pendant ce temps-là, je l'ai jugé et je l'ai condamné à mort. Nous sommes au 4 novembre. Il viendra dans deux heures faire sa tournée. Je vous préviens que je vais le tuer. Avez-vous quelque chose à dire à cela ?

Tous gardèrent le silence.

Claude reprit. Il parla, à ce qu'il paraît, avec une éloquence singulière[1], qui d'ailleurs lui était naturelle. Il déclara qu'il savait bien qu'il allait faire une action violente, mais qu'il ne croyait pas avoir tort. Il attesta[2] la conscience des quatre-vingt-un voleurs qui l'écoutaient : qu'il était dans une rude extrémité ; que la nécessité de se faire justice soi-même était un cul-de-sac[3] où l'on se trouvait engagé quelquefois ; qu'à la vérité il ne pouvait prendre la vie du directeur sans donner la sienne propre, mais qu'il trouvait bon de donner sa vie pour une chose juste ; qu'il avait mûrement réfléchi, et à cela seulement, depuis deux mois ; qu'il croyait bien ne pas se laisser entraîner par le ressentiment[4] ●, mais que, dans le cas où cela serait, il suppliait qu'on l'en avertît ; qu'il soumettait honnêtement ses raisons aux hommes justes[5] qui l'entouraient.

Qu'il allait donc tuer M. D., mais que, si quelqu'un avait une objection à lui faire, il était prêt à l'écouter.

1. **Éloquence** : faculté à bien s'exprimer.
2. **Attesta** : prit à témoin.
3. **Cul-de-sac** : ici, entreprise sans issue, qui ne mène à rien.
4. **Ressentiment** : le fait de se souvenir avec rancune de tous les torts subis.
5. **Hommes justes** : par un habile retournement, Hugo transforme la bande de voleurs en assemblée de Justes, ce qui permet au lecteur de se ranger à leur avis.

● **Ici, le fait que Claude agit sans ressentiment signifie qu'il n'est pas poussé par des motifs personnels, comme la vengeance, mais par un véritable esprit de justice.**

Une voix seulement s'éleva et dit qu'avant de tuer le directeur, Claude devait essayer une dernière fois de lui parler et de le fléchir[1].

– C'est juste, dit Claude, et je le ferai.

Huit heures sonnèrent à la grande horloge. Le directeur devait venir à neuf heures.

Une fois que cette étrange Cour de cassation[2] eut en quelque sorte ratifié la sentence[3] qu'il avait portée, Claude reprit toute sa sérénité. Il mit sur une table tout ce qu'il possédait en linge et en vêtements, la pauvre dépouille du prisonnier, et, appelant l'un après l'autre ceux de ses compagnons qu'il aimait le plus après Albin, il leur distribua tout.

Il ne garda que la petite paire de ciseaux.

Puis il les embrassa tous. Quelques-uns pleuraient, il souriait à ceux-là.

Il y eut, dans cette heure dernière, des instants où il causa avec tant de tranquillité et même de gaieté, que plusieurs de ses camarades espéraient intérieurement, comme ils l'ont déclaré depuis, qu'il abandonnerait peut-être sa résolution. Il s'amusa même une fois à éteindre une des rares chandelles qui éclairaient l'atelier avec le souffle de sa narine, car il avait de mauvaises habitudes d'éducation qui dérangeaient sa dignité naturelle plus souvent qu'il n'aurait fallu. Rien ne pouvait faire que cet ancien gamin des rues n'eût point par moments l'odeur du ruisseau[4] de Paris.

1. **Fléchir** : ici, faire changer d'avis.
2. **Cour de cassation** : voir le *Petit lexique des prisons* (p. 88).
3. **Ratifier la sentence** : accepter la décision du tribunal.
4. **Ruisseau** : caniveau. Mot qui sous-entend que Claude vient du peuple. Au sens figuré, *tomber dans le ruisseau* signifie « se retrouver dans le dénuement ».

Il aperçut un jeune condamné qui était pâle, qui le regardait avec des yeux fixes, et qui tremblait, sans doute dans l'attente de ce qu'il allait voir.

– Allons, du courage, jeune homme ! lui dit Claude doucement, ce ne sera que l'affaire d'un instant.

Quand il eut distribué toutes ses hardes[1], fait tous ses adieux, serré toutes les mains, il interrompit quelques causeries inquiètes qui se faisaient çà et là dans les coins obscurs de l'atelier, et il commanda qu'on se remît au travail. Tous obéirent en silence.

L'atelier où ceci se passait était une salle oblongue, un long parallélogramme percé de fenêtres sur ses deux grands côtés, et de deux portes qui se regardaient à ses deux extrémités. Les métiers étaient rangés de chaque côté près des fenêtres, les bancs touchant le mur à angle droit, et l'espace resté libre entre les deux rangées de métiers formait une sorte de longue voie qui allait en ligne droite de l'une des portes à l'autre et traversait ainsi toute la salle. C'était cette longue voie, assez étroite, que le directeur avait à parcourir en faisant son inspection ; il devait entrer par la porte sud et ressortir par la porte nord, après avoir regardé les travailleurs à droite et à gauche. D'ordinaire il faisait ce trajet assez rapidement et sans s'arrêter.

Claude s'était replacé lui-même à son banc, et il s'était remis au travail, comme Jacques Clément[2] se fût remis à la prière.

Tous attendaient. Le moment approchait. Tout à coup on entendit un coup de cloche.

Claude dit :

1. **Hardes** : vêtements usagés.
2. **Jacques Clément** : moine qui a assassiné Henri III pendant les guerres de Religion, en 1589.

– C'est l'avant-quart[1].

Alors il se leva, traversa gravement une partie de la salle, et alla s'accouder sur l'angle du premier métier à gauche, tout à côté de la porte d'entrée. Son visage était parfaitement calme et bienveillant.

Neuf heures sonnèrent. La porte s'ouvrit. Le directeur entra.

En ce moment-là, il se fit dans l'atelier un silence de statues.

Le directeur était seul comme d'habitude.

Il entra avec sa figure joviale, satisfaite et inexorable, ne vit pas Claude qui était debout à gauche de la porte, la main droite cachée dans son pantalon, et passa rapidement devant les premiers métiers, hochant la tête, mâchant ses paroles, et jetant çà et là son regard banal, sans s'apercevoir que tous les yeux qui l'entouraient étaient fixés sur une idée terrible.

Tout à coup il se détourna brusquement, surpris d'entendre un pas derrière lui.

C'était Claude, qui le suivait en silence depuis quelques instants.

– Que fais-tu là, toi ? dit le directeur. Pourquoi n'es-tu pas à ta place ?

Car un homme n'est plus un homme là, c'est un chien, on le tutoie.

Claude Gueux répondit respectueusement :

– C'est que j'ai à vous parler, monsieur le directeur.

– De quoi ?

– D'Albin.

– Encore ? dit le directeur.

– Toujours ! dit Claude.

1. **Avant-quart** : moins-le-quart.

– Ah çà ! reprit le directeur continuant de marcher, tu n'as donc pas eu assez de vingt-quatre heures de cachot ?

Claude répondit en continuant de le suivre :

– Monsieur le directeur, rendez-moi mon camarade.

– Impossible !

– Monsieur le directeur, dit Claude avec une voix qui eût attendri le démon, je vous en supplie, remettez Albin avec moi, vous verrez comme je travaillerai bien. Vous qui êtes libre, cela vous est égal, vous ne savez pas ce que c'est qu'un ami ; mais, moi, je n'ai que les quatre murs de la prison. Vous pouvez aller et venir, vous ; moi je n'ai qu'Albin. Rendez-le-moi. Albin me nourrissait, vous le savez bien. Cela ne vous coûterait que la peine de dire oui. Qu'est-ce que cela vous fait qu'il y ait dans la même salle un homme qui s'appelle Claude Gueux et un autre qui s'appelle Albin ? Car ce n'est pas plus compliqué que cela. Monsieur le directeur, mon bon monsieur D., je vous supplie vraiment, au nom du ciel !

Claude n'en avait peut-être jamais tant dit à la fois à un geôlier. Après cet effort, épuisé, il attendit. Le directeur répliqua avec un geste d'impatience :

– Impossible. C'est dit. Voyons, ne m'en reparle plus. Tu m'ennuies.

Et, comme il était pressé, il doubla le pas. Claude aussi. En parlant ainsi, ils étaient arrivés tous deux près de la porte de sortie ; les quatre-vingts voleurs regardaient et écoutaient, haletants[1].

Claude prit doucement le pan de l'habit du directeur.

1. **Haletants** : respirant de façon saccadée.

– Mais au moins que je sache pourquoi je suis condamné à mort. Dites-moi pourquoi vous l'avez séparé de moi.

– Je te l'ai déjà dit, répondit le directeur, parce que.

Et, tournant le dos à Claude, il avança la main vers le loquet de la porte de sortie.

À la réponse du directeur, Claude avait reculé d'un pas. Les quatre-vingts statues qui étaient là virent sortir de son pantalon sa main droite avec la hache. Cette main se leva, et, avant que le directeur eût pu pousser un cri, trois coups de hache, chose affreuse à dire, assénés[1] tous les trois dans la même entaille, lui avaient ouvert le crâne. Au moment où il tombait à la renverse, un quatrième coup lui balafra[2] le visage ; puis, comme une fureur lancée ne s'arrête pas court, Claude Gueux lui fendit la cuisse droite d'un cinquième coup inutile. Le directeur était mort.

Alors Claude jeta la hache et cria : *À l'autre maintenant !* L'autre, c'était lui. On le vit tirer de sa veste les petits ciseaux de « sa femme », et, sans que personne songeât à l'en empêcher, il se les enfonça dans la poitrine. La lame était courte, la poitrine était profonde. Il y fouilla longtemps et à plus de vingt reprises en criant : – Cœur de damné, je ne te trouverai donc pas ! Et enfin il tomba baigné dans son sang, évanoui sur le mort.

Lequel des deux était la victime de l'autre ?

Quand Claude reprit connaissance, il était dans un lit, couvert de linges et de bandages, entouré de soins. Il avait auprès de

1. **Assénés** : portés.
2. **Balafrer** : taillader, couper.

Illustration de F. Lix pour *Claude Gueux* de Victor Hugo, vers 1880.

son chevet des bonnes sœurs de charité[1], et de plus un juge d'instruction[2] qui instrumentait[3] et qui lui demanda avec beaucoup d'intérêt : – *Comment vous trouvez-vous ?*

Il avait perdu une grande quantité de sang, mais les ciseaux avec lesquels il avait eu la superstition touchante de se frapper avaient mal fait leur devoir ; aucun des coups qu'il s'était portés n'était dangereux. Il n'y avait de mortelles pour lui que les blessures qu'il avait faites à M. D.

Les interrogatoires commencèrent. On lui demanda si c'était lui qui avait tué le directeur des ateliers de la prison de Clairvaux. Il répondit : *Oui.* On lui demanda pourquoi. Il répondit : *Parce que*[4].

Cependant, à un certain moment, ses plaies s'envenimèrent[5] ; il fut pris d'une fièvre mauvaise dont il faillit mourir.

Novembre, décembre, janvier et février se passèrent en soins et en préparatifs ; médecins et juges s'empressaient autour de Claude ; les uns guérissaient ses blessures, les autres dressaient son échafaud.

Abrégeons. Le 16 mars 1832, il parut, étant parfaitement guéri, devant la cour d'assises[6] de Troyes. Tout ce que la ville peut donner de foule était là.

Claude eut une bonne attitude devant la cour. Il s'était fait raser avec soin, il avait la tête nue, il portait ce morne habit des prisonniers de Clairvaux, mi-parti[7] de deux espèces de gris.

1. **Bonnes sœurs** : religieuses.
2. **Juge d'instruction** : c'est le juge chargé de l'enquête.
3. **Instrumentait** : faisait le compte-rendu des faits.
4. ***Parce que*** : Claude reprend exactement les mots de M.D.
5. **S'envenimèrent** : s'infectèrent.
6. **Cour d'assises** : voir le *Petit lexique des prisons* (p. 88).
7. **Mi-parti** : composé de deux parties.

Le procureur du roi avait encombré la salle de baïonnettes[1], « afin, dit-il à l'audience, de contenir tous les scélérats[2] qui devaient figurer comme témoins dans cette affaire ».

Lorsqu'il fallut entamer le débat, il se présenta une difficulté singulière. Aucun des témoins des événements du 4 novembre ne voulait déposer contre Claude. Le président les menaça de son pouvoir discrétionnaire[3]. Ce fut en vain. Claude alors leur commanda de déposer. Toutes les langues se délièrent. Ils dirent ce qu'ils avaient vu.

Claude les écoutait tous avec une profonde attention. Quand l'un d'eux, par oubli, ou par affection pour Claude, omettait des faits à la charge de l'accusé[4], Claude les rétablissait.

De témoignage en témoignage, la série des faits que nous venons de développer se déroula devant la cour.

Il y eut un moment où les femmes qui étaient là pleurèrent. L'huissier appela le condamné Albin. C'était son tour de déposer. Il entra en chancelant[5] ; il sanglotait. Les gendarmes ne purent empêcher qu'il n'allât tomber dans les bras de Claude. Claude le soutint et dit en souriant au procureur du roi[6] : – Voilà un scélérat qui partage son pain avec ceux qui ont faim. Puis il baisa la main d'Albin.

La liste des témoins épuisée, monsieur le procureur du roi se leva et prit la parole en ces termes : – Messieurs les jurés, la société serait ébranlée jusque dans ses fondements, si la vindicte

1. **Baïonnette** : arme pointue ajustée au canon d'un fusil.
2. **Scélérats** : criminels.
3. **Pouvoir discrétionnaire** : pouvoir de libre décision.
4. ***Quand l'un d'eux (...) omettait des faits à la charge de l'accusé*** **signifie** : « Quand l'un d'eux oubliait des faits qui pouvaient le faire accuser ».
5. **Chanceler** : tituber, vaciller en menaçant de tomber.
6. **Procureur du roi** : magistrat qui représente le roi et plus précisément l'autorité de l'État.

publique[1] n'atteignait pas les grands coupables comme celui qui, etc.

Après ce discours mémorable[2], l'avocat de Claude parla. La plaidoirie contre et la plaidoirie pour[3] firent, chacune à leur tour, les évolutions qu'elles ont coutume de faire dans cette espèce d'hippodrome[4] qu'on appelle un procès criminel.

Claude jugea que tout n'était pas dit. Il se leva à son tour. Il parla de telle sorte qu'une personne intelligente qui assistait à cette audience s'en revint frappée d'étonnement[5].

Il paraît que ce pauvre ouvrier contenait bien plutôt un orateur[6] qu'un assassin. Il parla debout, avec une voix pénétrante et bien ménagée, avec un œil clair, honnête et résolu, avec un geste presque toujours le même, mais plein d'empire. Il dit les choses comme elles étaient, simplement, sérieusement, sans charger ni amoindrir, convint de tout, regarda l'article 296 en face, et posa sa tête dessous. Il eut des moments de véritable haute éloquence qui faisaient remuer la foule, et où l'on se répétait à l'oreille dans l'auditoire ce qu'il venait de dire.

Cela faisait un murmure pendant lequel Claude reprenait haleine en jetant un regard fier sur les assistants.

Dans d'autres instants, cet homme qui ne savait pas lire était doux, poli, choisi comme un lettré[7] ; puis, par moments encore,

1. **La vindicte publique** : le fait de condamner un crime au nom de la société.
2. **Mémorable** : dont chacun se souviendra.
3. Ce sont respectivement les discours du procureur et de l'avocat.
4. **Hippodrome** : champ de courses pour les chevaux.
5. **Étonnement** : stupéfaction.
6. **Orateur** : personne qui maîtrise l'art de faire des discours.
7. **Lettré** : personne cultivée.

L'article 296 du code pénal est le suivant : ***Tout meurtre commis avec préméditation ou guet-apens est qualifié assassinat.*** **À cette époque, celui qui est coupable d'assassinat est condamné à mort.**

modeste, mesuré, attentif, marchant pas à pas dans la partie irritante de la discussion, bienveillant pour les juges.

Une fois seulement, il se laissa aller à une secousse de colère. Le procureur du roi avait établi dans le discours que nous avons cité en entier[1] que Claude Gueux avait assassiné le directeur des ateliers sans voie de fait[2] ni violence de la part du directeur, par conséquent *sans provocation.*

– Quoi ! s'écria Claude, je n'ai pas été provoqué. Ah ! oui, vraiment, c'est juste, je vous comprends. Un homme ivre me donne un coup de poing, je le tue, j'ai été provoqué, vous me faites grâce, vous m'envoyez aux galères[3]. Mais un homme qui n'est pas ivre et qui a toute sa raison me comprime le cœur pendant quatre ans[4], m'humilie pendant quatre ans, me pique tous les jours, toutes les heures, toutes les minutes, d'un coup d'épingle à quelque place inattendue pendant quatre ans ! J'avais une femme pour qui j'ai volé, il me torture avec cette femme ; j'avais un enfant pour qui j'ai volé, il me torture avec cet enfant ; je n'ai pas assez de pain, un ami m'en donne, il m'ôte mon ami et mon pain. Je redemande mon ami, il me met au cachot. Je lui dis *vous*, à lui mouchard, il me dit *tu*. Je lui dis que je souffre, il me dit que je l'ennuie. Alors que voulez-vous que je fasse ? Je le tue. C'est bien, je suis un monstre, j'ai tué cet homme, je n'ai pas été provoqué, vous me coupez la tête. Faites !

Mouvement sublime, selon nous, qui faisait tout à coup surgir, au-dessus du système de la provocation matérielle, sur lequel

1. ***Le discours que nous avons cité en entier*** : c'est de l'ironie, car Hugo n'a cité qu'une phrase, qui résume l'ensemble du discours.
2. **Voie de fait** : action contraire à la loi.
3. **Galères** : navires sur lesquels ramaient des hommes condamnés aux galères.
4. Claude avait donc purgé l'essentiel de sa peine.

s'appuie l'échelle mal proportionnée des circonstances atténuantes, toute une théorie de la provocation morale oubliée par la loi.

Les débats fermés, le président fit son résumé impartial[1] et lumineux. Il en résulta ceci. Une vilaine vie. Un monstre en effet. Claude Gueux avait commencé par vivre en concubinage[2] avec une fille publique, puis il avait volé, puis il avait tué. Tout cela était vrai.

Au moment d'envoyer les jurés dans leur chambre, le président demanda à l'accusé s'il avait quelque chose à dire sur la position des questions.

– Peu de chose, dit Claude. Voici, pourtant. Je suis un voleur et un assassin ; j'ai volé et tué. Mais pourquoi ai-je volé ? Pourquoi ai-je tué ? Posez-vous ces deux questions, messieurs les jurés.

Après un quart d'heure de délibération, sur la déclaration des douze Champenois qu'on appelait *messieurs les jurés,* Claude Gueux fut condamné à mort.

Il est certain que, dès l'ouverture des débats, plusieurs d'entre eux avaient remarqué que l'accusé s'appelait *Gueux*[3], ce qui leur avait fait une impression profonde.

On lut son arrêt à Claude, qui se contenta de dire :

– *C'est bien. Mais pourquoi cet homme a-t-il volé ? Pourquoi cet homme a-t-il tué ? Voilà deux questions auxquelles ils ne répondent pas.*

Rentré dans la prison, il soupa gaiement et dit :

– Trente-six ans de faits[4] !

1. **Impartial** : qui ne prend pas parti.
2. **Vivre en concubinage** : vivre sans être unis par les liens du mariage.
3. **Gueux** : homme misérable, mendiant.
4. L'expression signifie que la vie ressemble à une prison.

Les jurés sont choisis dans la région où le crime a eu lieu, ce qui influence certainement leur jugement.

Il ne voulut pas se pourvoir en cassation[1]. Une des sœurs qui l'avaient soigné vint l'en prier avec larmes. Il se pourvut par complaisance pour elle. Il paraît qu'il résista jusqu'au dernier instant, car, au moment où il signa son pourvoi sur le registre du greffe[2], le délai légal des trois jours était expiré depuis quelques minutes.

La pauvre fille reconnaissante lui donna cinq francs. Il prit l'argent et la remercia.

Pendant que son pourvoi pendait[3], des offres d'évasion lui furent faites par les prisonniers de Troyes, qui s'y dévouaient tous. Il refusa.

Les détenus jetèrent successivement dans son cachot, par le soupirail[4], un clou, un morceau de fil de fer et une anse de seau. Chacun de ces trois outils eût suffi, à un homme aussi intelligent que l'était Claude, pour limer ses fers. Il remit l'anse, le fil de fer et le clou au guichetier.

Le 8 juin 1832, sept mois et quatre jours après le fait, l'expiation[5] arriva, *pede claudo*[6], comme on voit. Ce jour-là, à sept heures du matin, le greffier[7] du tribunal entra dans le cachot de Claude, et lui annonça qu'il n'avait plus qu'une heure à vivre.

Son pourvoi était rejeté.

1. **Se pourvoir en cassation** : faire appel auprès de la Cour de cassation pour qu'elle casse le jugement de la cour d'assises.
2. **Greffe** : lieu où l'on conserve les archives d'un tribunal.
3. ***Pendant que son pourvoi pendait*** : pendant que la sentence était en attente.
4. **Soupirail** : petite ouverture.
5. **Expiation** : dans la Bible, il s'agit d'une punition qui permet d'effacer une faute commise.
6. ***Pede claudo*** : « Avec son pied boiteux ». Hugo fait un usage ironique de ce vers d'Horace, pour dénoncer la lenteur de la justice.
7. **Greffier** : fonctionnaire qui écrit les décisions du tribunal.

Hugo semble s'inspirer de la figure de Socrate, philosophe condamné à mort, qui affronte son châtiment avec courage.

– Allons, dit Claude froidement, j'ai bien dormi cette nuit, sans me douter que je dormirais encore mieux la prochaine.

Il paraît que les paroles des hommes forts doivent toujours recevoir de l'approche de la mort une certaine grandeur.

Le prêtre arriva, puis le bourreau. Il fut humble avec le prêtre, doux avec l'autre. Il ne refusa ni son âme, ni son corps.

Il conserva une liberté d'esprit parfaite. Pendant qu'on lui coupait les cheveux, quelqu'un parla, dans un coin du cachot, du choléra qui menaçait Troyes en ce moment.

– Quant à moi, dit Claude avec un sourire, je n'ai pas peur du choléra[1].

Il écoutait d'ailleurs le prêtre avec une attention extrême, en s'accusant beaucoup et en regrettant de n'avoir pas été instruit dans la religion.

Sur sa demande, on lui avait rendu les ciseaux avec lesquels il s'était frappé. Il y manquait une lame qui s'était brisée dans sa poitrine. Il pria le geôlier de faire porter de sa part ces ciseaux à Albin. Il dit aussi qu'il désirait qu'on ajoutât à ce legs[2] la ration de pain qu'il aurait dû manger ce jour-là.

Il pria ceux qui lui lièrent les mains de mettre dans sa main droite la pièce de cinq francs que lui avait donnée la sœur, la seule chose qui lui restât désormais.

À huit heures moins un quart, il sortit de la prison, avec tout le lugubre[3] cortège ordinaire des condamnés. Il était à pied, pâle, l'œil fixé sur le crucifix du prêtre, mais marchant d'un pas ferme.

1. **Choléra** : maladie souvent mortelle et très contagieuse.
2. **Legs** : objet que l'on transmet par héritage.
3. **Lugubre** : qui évoque le deuil.

On coupait les cheveux des condamnés à mort, afin de dégager leur nuque pour la guillotine.

On avait choisi ce jour-là pour l'exécution, parce que c'était jour de marché, afin qu'il y eût le plus de regards possible sur son passage ; car il paraît qu'il y a encore en France des bourgades à demi sauvages où, quand la société tue homme, elle s'en vante[1].

Il monta sur l'échafaud gravement, l'œil toujours fixé sur le gibet[2] du Christ. Il voulut embrasser le prêtre, puis le bourreau, remerciant l'un, pardonnant à l'autre. Le bourreau *le repoussa doucement,* dit une relation. Au moment où l'aide le liait sur la hideuse mécanique, il fit signe au prêtre de prendre la pièce de cinq francs qu'il avait dans sa main droite et lui dit :

– *Pour les pauvres.*

Comme huit heures sonnaient en ce moment, le bruit du beffroi[3] de l'horloge couvrit sa voix, et le confesseur lui répondit qu'il n'entendait pas. Claude attendit l'intervalle de deux coups et répéta avec douceur :

– *Pour les pauvres.*

Le huitième coup n'était pas encore sonné que cette noble et intelligente tête était tombée.

Admirable effet des exécutions publiques ! Ce jour-là même, la machine était encore debout au milieu d'eux et pas lavée, les gens du marché se révoltèrent pour une question de tarif et faillirent massacrer un employé de l'octroi[4]. Le doux peuple que vous font ces lois-là !

1. Autrefois les exécutions étaient publiques.
2. **Gibet** : instrument de supplice.
3. **Beffroi** : clocher.
4. **Octroi** : impôt qui taxait les marchandises entrant dans la ville et que percevait l'employé de l'octroi.

Nous avons cru devoir raconter en détail l'histoire de Claude Gueux, parce que, selon nous, tous les paragraphes de cette histoire pourraient servir de têtes de chapitre au livre où serait résolu le grand problème du peuple au XIXe siècle.

Dans cette vie importante il y a deux phases principales : avant la chute, après la chute ; et, sous ces deux phases, deux questions : question de l'éducation, question de la pénalité[1] ; et, entre ces deux questions, la société tout entière.

Cet homme, certes, était bien né, bien organisé[2], bien doué. Que lui a-t-il donc manqué ? Réfléchissez.

C'est là le grand problème de proportion dont la solution, encore à trouver, donnera l'équilibre universel : *Que la société fasse toujours pour l'individu autant que la nature.*

Voyez Claude Gueux. Cerveau bien fait, cœur bien fait, sans nul doute. Mais le sort le met dans une société si mal faite, qu'il finit par voler ; la société le met dans une prison si mal faite, qu'il finit par tuer.

Qui est réellement coupable ? Est-ce lui ? Est-ce nous ?

Questions sévères, questions poignantes, qui sollicitent à cette heure toutes les intelligences, qui nous tirent tous tant que nous sommes par le pan de notre habit, et qui nous barreront un jour si complètement le chemin, qu'il faudra bien les regarder en face et savoir ce qu'elles nous veulent.

Celui qui écrit ces lignes essaiera de dire bientôt peut-être de quelle façon il les comprend.

Quand on est en présence de pareils faits, quand on songe à la manière dont ces questions nous pressent, on se demande

1. **Pénalité** : tout ce qui rapporte aux peines, à la justice.
2. **Bien organisé** : bien constitué physiquement.

à quoi pensent ceux qui gouvernent, s'ils ne pensent pas à cela●.

Les Chambres[1] sont tous les ans gravement occupées. Il est sans doute très important de désenfler les sinécures[2] et d'écheniller[3] le budget ; il est très important de faire des lois pour que j'aille, déguisé en soldat, monter patriotiquement la garde à la porte de M. le comte de Lobau[4], que je ne connais pas et que je ne veux pas connaître, ou pour me contraindre à parader au carré Marigny[5], sous le bon plaisir de mon épicier, dont on a fait mon officier[6].

Il est important, députés ou ministres, de fatiguer et de tirailler toutes les choses et toutes les idées de ce pays dans des discussions pleines d'avortements[7] ; il est essentiel, par exemple, de mettre sur la sellette[8] et d'interroger et de questionner à grands cris, et sans savoir ce qu'on dit, l'art du dix-neuvième siècle, ce grand et sévère accusé qui ne daigne pas répondre et qui fait bien ; il est expédient[9] de passer son temps, gouvernants et législateurs, en conférences classiques qui font hausser les épaules aux maîtres d'école de la banlieue ; il est utile de déclarer que c'est

1. Sous la monarchie de Juillet, il y avait deux assemblées : la Chambre des pairs et la Chambre des députés.
2. ***Désenfler les sinécures*** : supprimer les emplois inutiles.
3. **Écheniller** : enlever les chenilles d'un arbre. Ici, au sens figuré, l'expression signifie qu'il faut supprimer les postes parasites.
4. **Comte de Lobau** : ce commandant de la garde nationale à Paris était partout tourné en dérision pour avoir dispersé une manifestation avec des lances à incendie, en 1831.
5. **Carré Marigny** : édifice destiné aux manifestations publiques.
6. Hugo s'attaque à la garde nationale, sorte de milice des citoyens.
7. ***Discussions pleines d'avortements*** : cette expression signifie que les discussions n'aboutissent à rien.
8. **Mettre sur la sellette** : mettre en avant.
9. **Expédient** : utile.

● **Ici s'achève la partie écrite en 1834. Le texte qui suit est une version remaniée d'un texte rédigé par Hugo en 1832. Ce texte est une sorte d'épilogue, c'est-à-dire qu'il est destiné à compléter le sens du récit qui précède.**

le drame moderne[1] qui a inventé l'inceste, l'adultère, le parricide, l'infanticide et l'empoisonnement, et de prouver par là qu'on ne connaît ni Phèdre, ni Jocaste, ni Œdipe, ni Médée, ni Rodogune ; il est indispensable que les orateurs politiques de ce pays ferraillent[2], trois grands jours durant, à propos du budget, pour Corneille et Racine, contre on ne sait qui, et profitent de cette occasion littéraire pour s'enfoncer les uns les autres à qui mieux mieux dans la gorge de grandes fautes de français jusqu'à la garde.

Tout cela est important, nous croyons cependant qu'il pourrait y avoir des choses plus importantes encore.

Que dirait la Chambre, au milieu des futiles démêlés qui font si souvent colleter le ministère par l'opposition et l'opposition par le ministère, si, tout à coup, des bancs de la Chambre ou de la tribune publique, qu'importe, quelqu'un se levait et disait ces sérieuses paroles[3] :

« Taisez-vous, qui que vous soyez, vous qui parlez ici, taisez-vous ! Vous croyez être dans la question, vous n'y êtes pas.

« La question, la voici. La justice vient, il y a un an à peine, de déchiqueter un homme à Pamiers avec un eustache[4] ; à Dijon, elle vient d'arracher la tête à une femme ; à Paris, elle fait, barrière Saint-Jacques, des exécutions inédites.

« Ceci est la question. Occupez-vous de ceci.

1. Hugo prend ici la défense du drame romantique, que beaucoup ont accusé d'immoralité.
2. **Ferrailler** : frapper les unes contre les autres des lames d'épée pour faire du bruit.
3. Le discours de ce citoyen se poursuit jusqu'à la fin de l'épilogue.
4. **Eustache** : couteau.

« Vous vous querellerez après pour savoir si les boutons de la garde nationale doivent être blancs ou jaunes, et si l'*assurance* est une plus belle chose que la *certitude*[1].

« Messieurs des centres, messieurs des extrémités, le gros du peuple souffre.

« Que vous l'appeliez république ou que vous l'appeliez monarchie, le peuple souffre. Ceci est un fait.

« Le peuple a faim, le peuple a froid. La misère le pousse au crime ou au vice, selon le sexe. Ayez pitié du peuple, à qui le bagne prend ses fils, et le lupanar[2] ses filles. Vous avez trop de forçats, vous avez trop de prostituées.

« Que prouvent ces deux ulcères[3] ?

« Que le corps social a un vice dans le sang.

« Vous voilà réunis en consultation au chevet du malade ; occupez-vous de la maladie.

« Cette maladie, vous la traitez mal. Étudiez-la mieux. Les lois que vous faites, quand vous en faites, ne sont que des palliatifs[4] et des expédients[5]. Une moitié de vos codes est routine, l'autre moitié empirisme[6].

« La flétrissure[7] était une cautérisation[8] qui gangrenait[9] la plaie ; peine insensée que celle qui pour la vie scellait et rivait le crime

1. **Assurance... certitude** : le gouvernement avait remplacé le mot « certitude » par le mot « espérance » dans une motion votée par la Chambre.
2. **Lupanar** : maison de prostitution.
3. **Ulcères** : plaies.
4. **Palliatifs** : médicaments qui apaisent la douleur, sans pour autant guérir la maladie. Ici, le mot signifie : mesures insuffisantes.
5. **Expédients** : moyens hasardeux pour se tirer d'embarras.
6. **Empirisme** : ce qui est trouvé au moyen de l'expérience et non de la théorie.
7. **Flétrissure** : marque au fer rouge que l'on faisait à certains condamnés.
8. **Cautérisation** : application du fer rouge sur une blessure, pour la désinfecter.
9. **Gangrener** : provoquer la gangrène, c'est-à-dire un empoisonnement du sang dû à l'infection d'une plaie.

sur le criminel ! qui en faisait deux amis, deux compagnons, deux inséparables !

« Le bagne est un vésicatoire[1] absurde qui laisse résorber, non sans l'avoir rendu pire encore, presque tout le mauvais sang qu'il extrait. La peine de mort est une amputation[2] barbare.

« Or, flétrissure, bagne, peine de mort, trois choses qui se tiennent. Vous avez supprimé la flétrissure, si vous êtes logiques, supprimez le reste.

« Le fer rouge, le boulet et le couperet[3], c'étaient les trois parties d'un syllogisme[4].

« Vous avez ôté le fer rouge ; le boulet et le couperet n'ont plus de sens. Farinace[5] était atroce ; mais il n'était pas absurde.

« Démontez-moi cette vieille échelle boiteuse des crimes et des peines, et refaites-la. Refaites votre pénalité, refaites vos codes, refaites vos prisons, refaites vos juges. Remettez les lois au pas des mœurs.

« Messieurs, il se coupe trop de têtes par an en France.

« Puisque vous êtes en train de faire des économies, faites-en là-dessus. Puisque vous êtes en verve de suppressions, supprimez le bourreau. Avec la solde de vos quatre-vingts bourreaux, vous payerez six cents maîtres d'école.

« Songez au gros du peuple. Des écoles pour les enfants, des ateliers pour les hommes.

1. **Vésicatoire** : remède que l'on applique sur la peau et qui provoque des ampoules, en attirant les substances nocives.
2. **Amputation** : ablation d'un membre malade.
3. **Le couperet** : la lame tranchante de la guillotine.
4. **Syllogisme** : raisonnement qui repose sur trois propositions, la troisième découlant des deux premières.
5. **Farinace** (1554-1613) : juge et juriste sévère, mais qui a proposé un système de droit cohérent.

« Savez-vous que la France est un des pays de l'Europe où il y a le moins de natifs qui sachent lire ? Quoi ! La Suisse sait lire, la Belgique sait lire, le Danemark sait lire, la Grèce sait lire, l'Irlande sait lire, et la France ne sait pas lire ? C'est une honte.

« Allez dans les bagnes. Appelez autour de vous toute la chiourme[1]. Examinez un à un tous ces damnés de la loi humaine. Calculez l'inclinaison de tous ces profils, tâtez tous ces crânes. Chacun de ces hommes tombés a au-dessous de lui son type bestial ; il semble que chacun d'eux soit le point d'intersection de telle ou telle espèce animale avec l'humanité. Voici le loup-cervier, voici le chat, voici le singe, voici le vautour, voici la hyène. Or, de ces pauvres têtes mal conformées, le premier tort est à la nature sans doute, le second à l'éducation.

« La nature a mal ébauché, l'éducation a mal retouché l'ébauche. Tournez vos soins de ce côté. Une bonne éducation au peuple. Développez de votre mieux ces malheureuses têtes, afin que l'intelligence qui est dedans puisse grandir.

« Les nations ont le crâne bien ou mal fait selon leurs institutions.

« Rome et la Grèce avaient le front haut. Ouvrez le plus que vous pourrez l'angle facial[2] du peuple.

« Quand la France saura lire, ne laissez pas sans direction cette intelligence que vous aurez développée. Ce serait un autre désordre. L'ignorance vaut encore mieux que la mauvaise science. Non. Souvenez-vous qu'il y a un livre plus philosophique que

1. **Chiourme** : l'ensemble des bagnards.
2. **Angle facial** : angle formé par la ligne qui joint la bouche au front et celle qui va de la bouche au menton. Plus la face de l'homme était plate, plus il était censé être intelligent, croyait-on.

Le Compère Mathieu[1], plus populaire que *Le Constitutionnel*[2], plus éternel que la charte de 1830[3] ; c'est l'écriture sainte[4]. Et ici un mot d'explication.

« Quoi que vous fassiez, le sort de la grande foule, de la multitude, de la *majorité*, sera toujours relativement pauvre, et malheureux, et triste. À elle le dur travail, les fardeaux à pousser, les fardeaux à traîner, les fardeaux à porter.

« Examinez cette balance : toutes les jouissances dans le plateau du riche, toutes les misères dans le plateau du pauvre. Les deux parts ne sont-elles pas inégales ? La balance ne doit-elle pas nécessairement pencher, et l'État avec elle ?

« Et maintenant dans le lot du pauvre, dans le plateau des misères, jetez la certitude d'un avenir céleste, jetez l'aspiration au bonheur éternel, jetez le paradis, contrepoids magnifique ! Vous rétablissez l'équilibre. La part du pauvre est aussi riche que la part du riche.

« C'est ce que savait Jésus, qui en savait plus long que Voltaire[5].

« Donnez au peuple qui travaille et qui souffre, donnez au peuple, pour qui ce monde-ci est mauvais, la croyance à un meilleur monde fait pour lui.

« Il sera tranquille, il sera patient. La patience[6] est faite d'espérance[7].

1. ***Le Compère Mathieu*** : roman publié en 1765, qui faisait la satire de la religion.
2. ***Le Constitutionnel*** : journal partisan de la monarchie de Juillet.
3. **La charte de 1830** : constitution du gouvernement de Juillet.
4. **Écriture sainte** : la Bible.
5. **Voltaire** : écrivain et philosophe du XVIIIe siècle, qui a critiqué les institutions.
6. **Patience** : capacité à supporter quelque chose.
7. **Espérance** : mot à connotation chrétienne. Ici Hugo montre qu'il croit en l'avènement d'un monde meilleur.

« Donc ensemencez les villages d'évangiles[1]. Une bible par cabane. Que chaque livre et chaque champ produisent à eux deux un travailleur moral.

« La tête de l'homme du peuple, voilà la question. Cette tête est pleine de germes utiles. Employez pour la faire mûrir et venir à bien ce qu'il y a de plus lumineux et de mieux tempéré dans la vertu.

« Tel a assassiné sur les grandes routes qui, mieux dirigé, eût été le plus excellent serviteur de la cité.

« Cette tête de l'homme du peuple, cultivez-la, défrichez-la, arrosez-la, fécondez-la, éclairez-la, moralisez-la, utilisez-la ; vous n'aurez pas besoin de la couper. »

Victor Hugo, *Claude Gueux*, 1834.

1. **Évangiles** : récits de la vie de Jésus, dans le Nouveau Testament.

Prison imaginaire, *dessin de Giovanni Piranesi (dit Piranese), XVIIIe siècle.*

LE DOSSIER

Claude Gueux

Un récit engagé

REPÈRES

PARCOURS DE L'ŒUVRE

TEXTES ET IMAGES

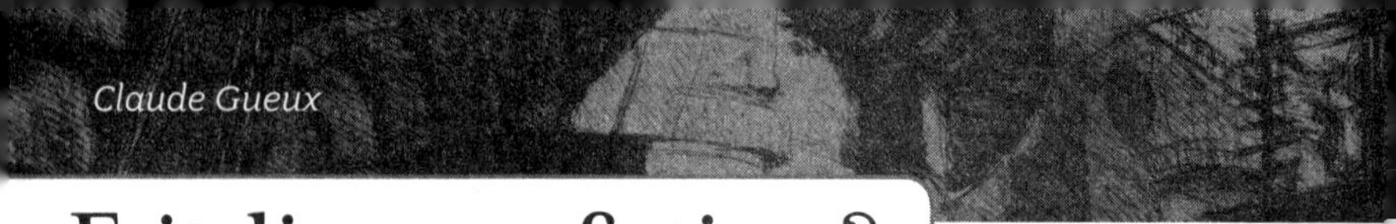

Fait divers ou fiction ?

Les faits divers sont des événements du quotidien (accidents, délits*, crimes*, etc.) sans lien entre eux, faisant l'objet d'une rubrique dans un journal. Ce sont de brefs récits fortement dramatisés.

Petite histoire du fait divers

L'expression « fait divers » apparaît au milieu du XIXe siècle et désigne un court récit journalistique. Auparavant, ce type de récit est désigné par le terme de nouvelle, accompagné des épithètes « curieuse », « extraordinaire » ou « singulière ». Le genre est cependant bien antérieur au XIXe siècle. Dès le règne de Charles VIII, l'imprimerie sert en effet à diffuser ces nouvelles « extraordinaires ». En France, le plus ancien de ces récits d'actualité que l'on ait conservé date de 1488. Rédigé en vers, il relate un épisode de la guerre de Bretagne.

• LE FAIT DIVERS : UN GENRE LIÉ À LA PRESSE…

Au XIXe siècle, la presse est en plein essor. Dans les années 1830, apparaît une presse populaire avec des journaux bon marché, financés en partie par la publicité.

La presse devient alors un véritable moyen de pression politique. Pendant la monarchie de Juillet, *Le National*, journal des républicains, et *Le Constitutionnel*, journal du gouvernement, exercent une certaine influence.

La presse s'intéresse également aux faits divers : nombreux sont les journaux qui rapportent dans les moindres détails le récit de crimes odieux et les exactions des *assassins* monstrueux de l'époque.

C'est le cas de l'abbé Mingrat, de Joseph Vacher ou encore de l'empoisonneuse Hélène Jégado, qui tout à la fois répugnent et fascinent les lecteurs !

Caractérisé par une écriture spécifique, le fait divers est un récit fortement dramatisé, dans lequel le rédacteur privilégie les procédés visant à faire réagir le lecteur en suscitant chez lui l'indignation, la pitié…

• ...MAIS QUI INSPIRE AUSSI LES ROMANCIERS.

Cet attrait pour le fait divers est partagé par les plus grands romanciers, qui l'utilisent comme matériau littéraire.
Ainsi, pour écrire *Le Comte de Monte-Cristo*, A. Dumas s'inspire des mésaventures d'un certain François Picaud.
Pour créer le personnage de Julien Sorel dans *Le Rouge et le Noir*, Stendhal s'appuie sur l'histoire d'Antoine-Marie Berthet, condamné à mort et exécuté le 23 février 1828, après avoir assassiné sa maîtresse.
Hugo n'échappe pas à cette tendance et publie sa version d'un fait divers dans *La Revue de Paris*, en 1834. Pourtant, *Claude Gueux* n'est pas le compte-rendu objectif de ce fait divers.

• CLAUDE GUEUX : COMPTE-RENDU D'UN FAIT DIVERS OU FICTION ?

À l'origine de *Claude Gueux*, il y a bien un fait divers qui s'est déroulé en 1831 à la prison de Clairvaux. Le 4 novembre 1831, Claude Gueux, prisonnier, multirécidiviste*, a tué M. Delacelle, directeur des ateliers de la prison, qui l'avait séparé de son compagnon. Il est condamné à mort par la cour d'assises* de Troyes le 16 mars 1832 et guillotiné le 8 juin. Le récit de ces événements paraît dans *La Gazette des tribunaux*, en 1832.
Tout en s'appuyant sur des faits réels, Hugo récrit l'histoire de cet homme et en fait un héros de fiction. Il n'est que de comparer l'article de presse retraçant la biographie de Claude Gueux dans *La Gazette des tribunaux*, en 1832, et la réécriture qu'en fait Hugo.

Le Petit Parisien
SUPPLÉMENT LITTÉRAIRE ILLUSTRÉ
LE TUEUR DE BERGERS

Le chemineau Joseph Vacher (1869-1898), Une du Petit Parisien, *1897.*

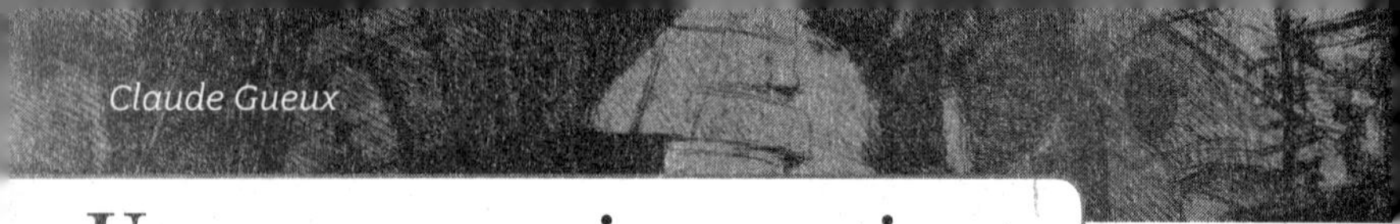

Une œuvre qui appartient à plusieurs genres

Le genre d'une œuvre se définit à la fois par son sujet, sa structure et sa visée.

● ROMAN OU NOUVELLE ?

Genres narratifs, le roman et la nouvelle mettent en scène des histoires fictives. Mais dans un roman, les personnages pensent, agissent et évoluent dans le temps. Dans une *nouvelle*, au contraire, l'action est resserrée sur l'essentiel : le nombre de personnages est restreint, l'intrigue est simple et organisée en fonction de la chute.

Claude Gueux *relève de la nouvelle dans la mesure où c'est un récit bref dont l'action, axée sur le parcours du protagoniste, se concentre sur un petit nombre de scènes et de personnages : Claude, Albin, le directeur des ateliers.*

● APOLOGUE ?

Un *apologue* est un court texte de fiction, à visée argumentative. Il associe le plaisir du récit et l'enseignement d'une « moralité » ou « leçon ». Les *Fables* de La Fontaine ou les *Contes* de Voltaire en offrent autant d'exemples.

On peut considérer que Claude Gueux *est un apologue, si l'on observe la structure en diptyque de la nouvelle, qui dissocie le récit proprement dit (l'histoire de Claude) et la leçon, de portée générale, que le narrateur délivre dans l'épilogue.*

● RÉQUISITOIRE OU PLAIDOYER ?

Claude Gueux est un texte polémique*, un réquisitoire virulent, dans lequel Hugo dénonce les dysfonctionnements d'une justice partiale, qui ne répond à la misère que par la répression. Il montre également que la détresse engendre le désespoir et le crime, et que la prison, loin de répondre aux causes de la criminalité, entraîne une surenchère de la violence. En effet,

comme le montre le parcours de Claude, la prison n'a rien d'un lieu de rééducation, mais participe à un processus d'exclusion.
La nouvelle est également un plaidoyer en faveur de l'éducation du peuple, dans lequel Hugo clame que l'instruction mène à la vertu. Dans l'épilogue, il affirme qu'*il faut cultiver la tête du peuple, pour ne plus avoir à la couper.*

Le terme « réquisitoire »

Un réquisitoire est, au sens propre, le développement oral, par le représentant du ministère public, des moyens de l'accusation. Au sens figuré, il désigne tout texte ou discours qui accuse quelqu'un en énumérant ses torts. Un plaidoyer est la défense passionnée d'une personne ou d'une idée dans une grave affaire publique.

• UNE NOUVELLE ENGAGÉE

Claude Gueux tient donc à la fois du texte narratif, puisque c'est un récit et plus précisément une nouvelle, mais aussi du texte argumentatif.
Le lecteur est invité, à partir d'un parcours individuel, celui de Claude, à réfléchir aux dysfonctionnements de la société.
Le parcours de Claude devient donc exemplaire : *Nous avons cru devoir raconter en détail l'histoire de Claude Gueux parce que, selon nous, tous les paragraphes de cette histoire pourraient servir de tête de chapitre au livre où serait résolu le grand problème du peuple au XIXe siècle*, conclut le narrateur dans l'épilogue.

Étape I • Étudier les données du récit

SUPPORT : L'ensemble de la nouvelle.

OBJECTIF : Repérer la structure de *Claude Gueux*, le cadre spatio-temporel, le statut du narrateur.

As-tu bien lu ?

1 Quand et où se situe l'action de la nouvelle ?

2 Numérote ces actions dans l'ordre chronologique.

- ☐ Claude tente de se suicider.
- ☐ Claude vole une hache.
- ☐ M.D. dit à Claude que sa femme est devenue prostituée et que personne n'a de nouvelles de son enfant.
- ☐ Claude Gueux vit avec sa femme et son enfant.
- ☐ Claude Gueux devient l'ami d'Albin.
- ☐ Claude tue le directeur.
- ☐ Claude pose un ultimatum au directeur.
- ☐ Claude donne une pièce de cinq francs au prêtre venu le confesser.
- ☐ Claude Gueux commet un vol.
- ☐ Claude prononce un discours devant les autres prisonniers.
- ☐ Le guichetier dit à Claude qu'il ne reverra plus Albin, car M.D. l'a fait transférer dans un autre quartier.

Une trame narrative simple, une structure binaire

3 Complète les étapes du schéma narratif, en t'aidant des actions citées dans la question 2.

– Situation initiale : ....

– Élément perturbateur : ....

– Péripéties (7 étapes) : ....

– Élément de résolution : ....

– Situation finale : ....

4 Quelles sont les deux parties que tu peux distinguer dans la nouvelle ?

Un narrateur omniprésent

5 Quel est le nom du personnage principal ? Qui est l'auteur de la nouvelle ? Qui est le narrateur ?

6 Relève un passage dans l'*incipit* (p. 12-13), où le narrateur se manifeste en utilisant un pronom de la 1re personne du singulier, puis un de la 1re personne du pluriel, puis le pronom « on ».

7 Dans les lignes 181 à 195, quels sont les mots qui montrent que le narrateur s'efface derrière les propos des témoins ? Quel est l'effet de ce procédé sur le lecteur ?

8 Dans les lignes 33 à 68, relève au moins deux passages dans lesquels le narrateur s'adresse au lecteur. Quelle est leur fonction ?

La langue et le style

9 a) Dans les lignes 1 à 21, relève les verbes au présent.

b) Classe dans un tableau les verbes relevés selon leur valeur :

Présent d'énonciation	
Présent de vérité générale	

c) Quelle est la valeur du présent la plus représentée dans cet extrait ? Pourquoi, selon toi ?

Faire le bilan

10 Résume l'histoire brièvement en précisant notamment le cadre spatio-temporel et la situation d'énonciation.

À toi de jouer

11 **Écrire** : En t'inspirant d'un fait divers (accident de la circulation, vol, incivilité, etc.), rédige un récit de tonalité dramatique à la 3e personne. Insère des interventions du narrateur pour interpeller ton lecteur ou porter un jugement.

Étape 2 • Analyser la fonction argumentative des portraits dans l'*incipit*

SUPPORT : L'*incipit* de la nouvelle (lignes 1 à 74).

OBJECTIF : Observer les portraits et montrer leur fonction argumentative.

As-tu bien lu ?

1 Claude Gueux est emprisonné car il a volé :
☐ un pain ☐ de l'argent ☐ le narrateur ne révèle pas ce qui a été volé

2 La physionomie de Claude Gueux est marquée par :
☐ l'honnêteté et la souffrance ☐ le malheur et la bêtise
☐ la vieillesse et la fourberie

3 En quoi consiste le travail du directeur des ateliers ?

4 Le directeur des ateliers est un homme remarquable par :
☐ sa timidité ☐ sa ténacité ☐ sa sottise

Une pause dans l'action : le discours descriptif

5 Relève dans ce passage une phrase qui indique le retour à la narration.

6 En quoi ces deux passages sont-ils des textes descriptifs ? (3 caractéristiques)

7 Où ces descriptions se situent-elles dans le récit ? Pour quelle raison ?

Deux portraits contrastés de personnages que tout oppose

8 Relève et classe dans le tableau les différences entre les deux hommes.

	Claude Gueux	Le directeur des ateliers
Identité (nom, condition sociale, expressions qui les désignent)		
Caractéristiques physiques		
Caractéristiques morales		

Lexique péjoratif		
Lexique mélioratif		

Un texte polémique

9 *Quand nous parlons de progrès, c'est ainsi que certaines gens le comprennent et l'exécutent* (l. 16-17) : en quoi cette phrase est-elle ironique ?

10 *On va voir ce que la société en a fait* (l. 28) : quel sens donnes-tu à cette phrase ? En quoi annonce-t-elle la visée du texte à venir ?

La langue et le style

11 Relève dans le portrait du directeur des ateliers des termes appartenant au champ lexical du feu.

12 Relève au moins deux répétitions. Quel est leur intérêt selon toi ?

Faire le bilan

13 Explique comment ces deux portraits s'opposent et soutiennent la stratégie argumentative de Hugo. Pour répondre, appuie-toi notamment sur le choix du lexique, les antithèses, les commentaires du narrateur...

À toi de jouer

14 **Écrire** : Fais le portrait, en 15-20 lignes, d'un personnage vaniteux. Pense à organiser ta description et, comme Hugo, insère des commentaires du narrateur, notamment pour interpeller ton lecteur. Utilise le présent de vérité générale et des figures de style variées (comparaison, métaphore, antithèse...).

Étape 3 • Analyser les procédés de dramatisation

SUPPORT : L'ensemble de la nouvelle.

OBJECTIF : Étudier l'ordre de la narration*, les bouleversements de la chronologie.

As-tu bien lu ?

1 En quelle année l'action commence-t-elle ?

2 Repère les dates précises pour les faits suivants :
a) le « procès » du directeur – b) le meurtre du directeur – c) le procès de Claude Gueux – d) l'exécution de Claude Gueux – e) Hugo donne une conclusion au récit par son épilogue.

3 Pourquoi le narrateur suit-il en général l'ordre chronologique ?
- ☐ pour ne pas perturber le lecteur
- ☐ pour souligner l'enchaînement inexorable des événements
- ☐ pour ménager un suspense haletant

Le jeu sur l'ordre de la narration

4 L'ordre chronologique est-il respecté aux lignes 20-32 et 162-178 ? Comment appelle-t-on ces procédés narratifs ?

Le jeu sur le rythme de la narration

5 Relève les indications temporelles de la disparition d'Albin jusqu'à la mise au cachot de Claude. Pourquoi le rythme de la narration ralentit de plus en plus ?

6 Quels sont, dans le récit, les moments longuement développés qui font l'objet de scènes* ? Cite au moins deux passages. Selon toi, pourquoi le narrateur choisit-il de mettre l'accent sur ces scènes ?

7 Cite au moins deux ellipses*, dans la nouvelle. Pourquoi le narrateur utilise-t-il ce procédé, selon toi ?

8 En t'aidant du lexique (p. 90), associe les citations et les définitions auxquelles elles correspondent :

sommaire* •	• *Tous les soirs, depuis l'explication que lui avait donnée le directeur, il faisait une espèce de chose folle qui étonnait de la part d'un homme aussi sérieux.*
ellipse •	• *On va voir ce que la société en a fait.*
scène •	• Récit de la journée du 4 novembre.
anticipation* •	• *Il remit l'anse, le fil de fer et le clou au guichetier. Le 8 juin 1832, sept mois et quatre jours après le fait, l'expiation arriva,* pede claudo, *comme on voit.*

Le compte à rebours tragique

9 Pourquoi préciser que Claude Gueux écrase un verre sur le passage du directeur ? En quoi ce geste annonce-t-il la suite ?

10 En quoi le destin tragique du héros est-il déjà perceptible par le lecteur dès le début du récit (nom du personnage, anticipations du narrateur, ultimatum lancé au directeur, détails symboliques...) ?

La langue et le style

11 Transpose au discours indirect les lignes 143 à 149. Quel est l'intérêt d'utiliser le style direct dans ce passage ?

Faire le bilan

12 Explique par quels procédés le narrateur parvient à dynamiser le récit (jeux sur l'ordre et le rythme, effets d'accélération...).

À toi de jouer

13 **Écrire** : Un prisonnier de Clairvaux a assisté au procès de Claude et témoigne de ce qu'il a vu. Imagine son récit à la 1re personne. Insère une ellipse, un sommaire et un retour en arrière*, que tu délimiteras et nommeras précisément dans la marge.

Étape 4 • Étudier le réquisitoire contre la justice

SUPPORT : Extraits du « procès » du directeur des ateliers (l. 363 à 428) et du procès de Claude Gueux (l. 545 à 646).
OBJECTIF : Montrer dans quelle mesure *Claude Gueux* peut être lu comme un réquisitoire contre la justice.

As-tu bien lu ?

1 Quand et où l'assemblée de prisonniers réunie par Claude avant le crime se tient-elle ? Quand et où le procès de Claude a-t-il lieu ?

2 Qu'annonce Claude Gueux à ses camarades lors de cette assemblée ?
☐ son intention de tuer le directeur des ateliers et le guichetier
☐ son intention de tuer le directeur des ateliers et de prendre la fuite
☐ son intention de tuer le directeur des ateliers et de se donner la mort

3 Qui sont les jurés ? Quel est leur temps de délibération ?
Que décident-ils pour Claude ?

4 Quels éléments influencent d'emblée le jury au sujet de Claude ?
☐ son nom et sa condition sociale
☐ son passé de délinquant et son agressivité
☐ son ignorance et ses vêtements

5 Quels sont les représentants de la justice qui interviennent pendant le procès de Claude ? Précise la fonction de chacun.

La justice en question : une assemblée de justes en prison...

6 Comment Claude justifie-t-il son acte face aux prisonniers ? (Reformule avec tes propres mots les arguments utilisés.)

7 Sa décision semble-t-elle avoir été prise à la légère ? Justifie ta réponse.

8 En quoi peut-on dire que, durant le procès, les compagnons de Claude se comportent comme des hommes justes (= des sages) ? Justifie ta réponse.

...et des hommes de loi « scélérats » !

9 Le narrateur évoque un *discours mémorable* (l. 577), un résumé *impartial et lumineux* (l. 625-626) du président. En quoi ces formules sont-elles ironiques ? À quel autre discours s'oppose celui du président de la cour d'assises ?

10 Selon Hugo, quelle est la question fondamentale à laquelle la justice ne peut ni ne veut répondre ? En quoi la société est-elle mise en cause ?

La langue et le style

11 Observe le parallélisme* syntaxique : *J'avais une femme pour qui j'ai volé, il me torture avec cette femme ; j'avais un enfant pour qui j'ai volé, il me torture avec cet enfant ; je n'ai pas assez de pain, un ami m'en donne, il m'ôte mon ami et mon pain.* Quel est l'effet produit ?

12 **Faire le point sur le lexique de la justice**
Définis, à l'aide du dictionnaire si nécessaire, les termes suivants : *inculpé, accusé, prévenu, condamné, avocat général, procureur général, président, cour, jurés, circonstances atténuantes, huissier, se pourvoir en cassation.*

Faire le bilan

13 Quel est le point de vue du narrateur sur les procès criminels et sur la justice en général ? Rédige ta réponse de façon argumentée, en citant le texte.

À toi de jouer

14 **Écrire un dialogue argumentatif** : Imagine que les prisonniers se réunissent une dernière fois pour débattre au sujet du meurtre du directeur. Rédige un dialogue argumentatif qui confrontera les points de vue des partisans et des opposants. Insère des passages narratifs pour décrire l'attitude des interlocuteurs (gestes, intonation, etc.).

Étape 5 • Définir la figure du personnage principal : délinquant ou héros ?

SUPPORT : L'ensemble de la nouvelle.

OBJECTIF : Montrer comment la figure du délinquant fait place à celle du héros.

As-tu bien lu ?

1 Quelles sont les principales qualités morales de Claude Gueux ?

2 Quels éléments du parcours de Claude sont propres à susciter la pitié ?

3 Quel geste a-t-il envers le bourreau juste avant son exécution ?

- ☐ il lui crache au visage pour montrer sa colère
- ☐ il lui crie dessus pour clamer une dernière fois son innocence
- ☐ il souhaite l'embrasser et lui signifier ainsi son pardon

Du misérable...

4 De quoi Claude est-il coupable ? Relève dans le récit au moins trois phrases qui montrent que le narrateur met tout en œuvre pour le disculper.

5 Voici un extrait de *La Gazette des tribunaux* :

> Né à Chassagne (Côte d'Or) dans un milieu misérable, Claude Gueux, orphelin de mère à douze ans, s'engage très jeune, à l'instar de son père, qu'il vénère, « dans le mépris des lois et dans la haine de la société », comme l'écrira plus tard le directeur de la centrale de Clairvaux.
>
> Emprisonné lui-même dans cet établissement, son père y meurt en 1830. Claude Gueux suit le même chemin, multipliant les condamnations qui l'enverront, à son tour, plusieurs fois en prison où il participe à une révolte de détenus contre le gardien-chef Delacelle. [...]
>
> Admiré et respecté par les autres prisonniers, il tente plusieurs fois de s'évader et finit par tuer Delacelle au mois de novembre 1831, à la grande joie des détenus. Le directeur de prison note : « il a commis le crime pour soutenir sa réputation de crâne, d'un redoutable ».
>
> Condamné à mort, il est exécuté à Troyes le 1er juin 1832, laissant à un public plus averti une image ambiguë de lui-même. Qui est exactement Claude Gueux ? [...]
>
> Passage cité dans la *NRP Hors-série*, novembre 2005 sur *Claude Gueux*.

– Quelles informations de l'article de journal retrouves-tu dans la nouvelle ?
– Quelles sont les informations que Hugo a supprimées ? Pourquoi ?

...au héros exemplaire

6 Au terme de son procès, Claude accepte-t-il les faits dont on l'accuse et la peine qui lui incombe ? En quoi son attitude a-t-elle été exemplaire durant toute la durée du procès ? Justifie.

7 *Lequel des deux était la victime de l'autre ?* (l. 524) : que signifie, selon toi, cette phrase prononcée au sujet du meurtre du directeur par Claude ?

Portrait du gueux en Christ

8 Que signifie le mot « frère » appliqué à Albin ? Dans quel contexte trouve-t-on ce mot, hormis lorsqu'il désigne le membre d'une fratrie ?

9 Quels sont les dons que Claude fait avant de mourir ? À quelle scène religieuse font alors penser Claude et ses compagnons de cellule ? Dans quel but Hugo souhaite-t-il donner cette image de son héros ?

10 Quel est le dernier geste de Claude avant son exécution ? Montre que, dans ses derniers moments, il se tourne vers la religion.

La langue et le style

11 Que signifie le mot « gueux » ? Dans quelle catégorie d'individus ce mot classe-t-il d'emblée le personnage ?

12 *Cette main se leva* : comment se nomme cette figure de style ? Quel effet produit-elle ?

Faire le bilan

13 En t'appuyant sur tes réponses précédentes, indique comment Hugo parvient à transformer un héros de fait divers en martyr de la société.

À toi de jouer

14 **Écrire** : Un citoyen, qui se trouvait sur la place où a été exécuté Claude Gueux, convaincu de l'inutilité de ce type de manifestation, écrit une lettre à la femme de Claude. Rédige cette lettre en insistant sur la grandeur d'âme et le comportement sublime du condamné.

Étape 6 • Analyser les procédés d'écriture au service de la dénonciation

SUPPORT : L'épilogue (l. 720 à la fin).

OBJECTIF : Étudier les procédés de l'écriture polémique.

As-tu bien lu ?

1 Quelle est la principale idée que défend Hugo dans la dernière partie de son texte ?
- ☐ il faut faire travailler davantage les prisonniers
- ☐ il faut créer d'autres prisons, car celles qui existent sont surpeuplées
- ☐ il faut chercher à éduquer et instruire avant de réprimer et punir

2 Selon Hugo, qui est véritablement responsable de la criminalité ?

3 Par qui Hugo suggère-t-il de remplacer les bourreaux dans la société du XIXe siècle ?

La captation du lecteur

4 Relève au moins deux verbes à l'impératif dans le passage étudié. Quel est, selon toi, l'intérêt de ce mode dans le discours ?

5 *Nous avons cru devoir (...). Qui est réellement coupable ? Est-ce lui ? Est-ce nous ?* (p. 42) : qui le pronom *nous* désigne-t-il dans chacun de ces passages ? Comment nomme-t-on ce type de questions ?

6 À qui l'énonciateur adresse-t-il le plaidoyer final ? Justifie ta réponse.

L'élaboration d'un discours convaincant

7 Reformule la thèse défendue par Hugo dans cet épilogue. Distingue deux parties dans l'épilogue et donne un titre à chacune.

8 Quels sont les arguments avancés par Hugo pour remettre en cause la peine de mort ? (au moins 3)

La langue et le style

9 Transpose au discours indirect les lignes 882 à 893 en commençant par : « Dans la tribune publique, quelqu'un se leva et dit : "... ».

Étude des procédés oratoires : comment persuader le lecteur ?

10 Relève le vocabulaire de la maladie (l. 801 à 815). Analyse ensuite la métaphore filée de la maladie.

11 L'ironie introduit un décalage entre ce qu'un locuteur dit et ce qu'il pense vraiment. Cite au moins deux phrases ironiques qui montrent que, d'après Hugo, les hommes politiques s'occupent d'affaires futiles.

12 Voici des phrases extraites de la nouvelle. Caractérise chacune d'elles.

Le peuple a faim, le peuple a froid. •	• une phrase exclamative
Cet homme, certes, était bien né, bien organisé, bien doué. •	• une phrase nominale
Messieurs des centres, messieurs des extrémités, le gros du peuple souffre ! •	• une phrase au rythme binaire
Et ici un mot d'explication. •	• une phrase au rythme ternaire
Est-ce lui, est-ce nous ? •	• une question rhétorique (qui n'appelle pas vraiment de réponse)
Les chambres, tous les ans, sont gravement occupées. •	• une phrase ironique

Faire le bilan

13 En t'appuyant sur tes réponses aux questions précédentes, récapitule les différents procédés oratoires employés pour convaincre* et pour persuader*.

À toi de jouer

14 **Écrire une plaidoirie** : Rédige un plaidoyer pour une cause de ton choix (l'écologie, la parité entre les hommes et les femmes, le mode de garde alternée...). Utilise au moins 4 arguments et illustre chacun d'eux par un ou deux exemples précis. Termine ta plaidoirie en interpellant les jurés au moyen de 3 procédés oratoires choisis parmi ceux que tu viens d'étudier.

Étape 7 • Exploiter les informations de l'enquête : la justice et les prisons du XIXe siècle

SUPPORT : L'ensemble de la nouvelle et l'enquête.

OBJECTIF : Confronter l'image des prisons dans la nouvelle et les informations de l'enquête.

As-tu bien lu ?

1 À quelle peine Claude Gueux est-il condamné ?

2 Que font les prisonniers enfermés à Clairvaux durant la journée ?
☐ ils travaillent dans un atelier ☐ ils cassent des pierres
☐ ils restent dans leur cellule à longueur de temps

3 Quel est l'avis de Hugo sur cette occupation ? Justifie ta réponse en citant le texte.

La prison de Clairvaux : ceux qui l'occupent et ceux qui la dirigent

4 Quelles informations a-t-on, au début de *Claude Gueux*, sur la prison de Clairvaux ? En quoi l'architecture des lieux est-elle conforme aux normes en vigueur à cette époque ?

5 Au sein de la prison, quelle fonction exerce M.D. ? les surveillants* ? le guichetier ? Réponds en complétant le tableau suivant :

	M.D.	Le guichetier	les surveillants
Fonction exercée			
Exemple (citation du texte)			

Une vie de prisonnier

6 De quelle façon les prisonniers sont-ils vêtus dans *Claude Gueux* ? Jusqu'à quand cet uniforme a-t-il été porté ? De quels effets personnels Claude dispose-t-il en prison ? Où les conserve-t-il ?

7 Quels sont les ateliers existant dans la prison de Clairvaux ? Quel est l'intérêt, pour l'institution pénitentiaire*, de faire travailler les prisonniers ? Le travail est-il encore obligatoire dans les prisons ?

8 Quel ouvrage Claude veut-il absolument terminer le 4 novembre ? Pourquoi, selon toi ? Qui est M. Bressier ?

9 Où Claude dort-il ? Les prisonniers sont-ils isolés dans des cellules ?

10 D'après la nature des objets que les détenus font passer à Claude, de quelle façon les prisonniers tentent-ils de s'évader ?

11 Lorsque Claude pose un ultimatum à M.D., de quelle façon est-il puni ?

Une réflexion sur l'univers carcéral : un texte engagé

12 Que peut-on déduire du pouvoir des chefs d'atelier, lorsque M.D. donne pour toute justification de son refus : *Parce que* (l. 234) ?

13 Dans *Claude Gueux*, le détenu réapprend-il en prison les règles sociales, le respect de la loi et de l'autorité ? La prison l'aide-t-elle à se réinsérer dans la société ? Quelles lacunes du système pénal Hugo met-il en évidence à travers le parcours de Claude Gueux ?

14 En t'appuyant sur ta lecture du texte, résume les deux théories qui s'affrontent sur la prison, l'une d'elle correspondant au point de vue de Hugo.

15 Que reproche-t-on aux prisons aujourd'hui ?

À toi de jouer

16 **Débattre** : Quels sont, selon toi, les moyens à mettre en œuvre pour favoriser la réinsertion des prisonniers ?

Figures de prisonniers à travers la peinture et la littérature : groupement de documents

OBJECTIF : Comparer des figures de prisonniers dans des documents de natures diverses.

DOCUMENT 1 STENDHAL, *La Chartreuse de Parme* (Ch. 18, partie II), 1839.
Fabrice est enfermé dans la tour Farnèse.

Ce fut dans l'une de ces chambres construites depuis un an et chef-d'œuvre du général Fabio Conti, laquelle avait reçu le beau nom d'*Obéissance passive*, que Fabrice fut introduit. Il courut aux fenêtres ; la vue qu'on avait de ces fenêtres grillées était sublime : un seul petit coin de l'horizon était caché, vers le nord-ouest, par le toit en galerie du joli palais du gouverneur, qui n'avait que deux étages ; le rez-de-chaussée était occupé par les bureaux de l'état-major ; et d'abord les yeux de Fabrice furent attirés vers une des fenêtres du second étage, où se trouvaient, dans de jolies cages, une grande quantité d'oiseaux de toute sorte. Fabrice s'amusait à les entendre chanter, et à les voir saluer les derniers rayons du crépuscule du soir, tandis que les geôliers s'agitaient autour de lui. Cette fenêtre de la volière n'était pas à plus de vingt-cinq pieds de l'une des siennes, et se trouvait à cinq ou six pieds en contrebas, de façon qu'il plongeait sur les oiseaux.

Il y avait lune ce jour-là, et au moment où Fabrice entrait dans sa prison, elle se levait majestueusement à l'horizon à droite, au-dessus de la chaîne des Alpes, vers Trévise. Il n'était que huit heures et demie du soir, et à l'autre extrémité de l'horizon, au couchant, un brillant crépuscule rouge orangé dessinait parfaitement les contours du mont Viso et des autres pics des Alpes qui remontent de Nice vers le Mont-Cenis et Turin sans songer autrement à son malheur, Fabrice fut ému et ravi par ce spectacle sublime. « C'est donc dans ce monde ravissant que vit Clélia Conti ! Avec son âme pensive et sérieuse, elle doit jouir de cette vue plus qu'un autre ; on est ici comme dans des montagnes solitaires à cent lieues de Parme. » Ce ne fut qu'après avoir passé plus de deux heures à la fenêtre, admirant cet horizon qui parlait à son âme, et souvent aussi arrêtant sa vue sur le joli palais du gouverneur que Fabrice s'écria tout à coup : « Mais ceci est-il une prison ? Est-ce là ce que j'ai tant redouté ? » Au lieu d'apercevoir à chaque pas des désagréments et des motifs d'aigreur, notre héros se laissait charmer par les douceurs de la prison.

Tout à coup son attention fut violemment rappelée à la réalité par un tapage épouvantable : sa chambre de bois, assez semblable à une cage et surtout fort sonore, était violemment ébranlée ; des aboiements de chien et de petits cris aigus complétaient le bruit le plus singulier. « Quoi donc ! Si tôt pourrais-je m'échapper ! », pensa Fabrice. Un instant après, il riait comme jamais peut-être on n'a ri dans une prison. Par ordre du général, on avait fait monter en même temps que les geôliers un chien anglais, fort méchant, préposé à la garde des prisonniers d'importance, et qui devait passer la nuit dans l'espace si ingénieusement ménagé tout autour de Fabrice. Le chien et le geôlier devaient coucher dans l'intervalle de trois pieds ménagé entre les dalles de pierre du sol primitif de la chambre et le plancher de bois sur lequel le prisonnier ne pouvait faire un pas sans être entendu.

Or, à l'arrivée de Fabrice, la chambre de l'*Obéissance passive* se trouvait occupée par une centaine de rats énormes qui prirent la fuite dans tous les sens.

DOCUMENT 2 GUILLAUME APOLLINAIRE, « À la Santé » in *Alcools*, septembre 1911.

(...)
III
Dans une fosse comme un ours
Chaque matin je me promène
Tournons tournons tournons toujours
Le ciel est bleu comme une chaîne
Dans une fosse comme un ours
Chaque matin je me promène

Dans la cellule d'à côté
On y fait couler la fontaine
Avec les clefs qu'il fait tinter
Que le geôlier aille et revienne
Dans la cellule d'à côté
On y fait couler la fontaine

IV
Que je m'ennuie entre ces murs tout nus
    Et peints de couleurs pâles
Une mouche sur le papier à pas menus
    Parcourt mes lignes inégales
Que deviendrai-je ô Dieu qui connais ma douleur
    Toi qui me l'as donnée
Prends en pitié mes yeux sans larmes ma pâleur
    Le bruit de ma chaise enchaînée

Et tous ces pauvres cœurs battant dans la prison
    L'Amour qui m'accompagne
Prends en pitié surtout ma débile raison
    Et ce désespoir qui me gagne

V
Que lentement passent les heures
Comme passe un enterrement

Tu pleureras l'heure où tu pleures
Qui passera trop vitement
Comme passent toutes les heures

VI
J'écoute les bruits de la ville
Et prisonnier sans horizon
Je ne vois rien qu'un ciel hostile
Et les murs nus de ma prison

Le jour s'en va voici que brûle
Une lampe dans la prison
Nous sommes seuls dans ma cellule
Belle clarté Chère raison

DOCUMENT 3 ALEXANDRE DUMAS, *Le Comte de Monte-Cristo*, 1844.

Edmond Dantès est emprisonné au château d'If, injustement accusé de conspiration.

Dantès passa tous les degrés du malheur que subissent les prisonniers oubliés dans une prison. Il commença par l'orgueil, qui est une suite de l'espoir et une conscience de l'innocence ; puis il en vint à douter de son innocence, ce qui ne justifiait pas mal les idées du gouverneur sur l'aliénation mentale ; enfin il tomba du haut de son orgueil, il pria, non pas encore Dieu, mais les hommes ; Dieu est le dernier recours. [...] Dantès pria donc qu'on voulût bien le tirer de son cachot pour le mettre dans un autre, fût-il plus noir et plus profond. Un changement, même désavantageux, était toujours un changement, et procurerait à Dantès une distraction de quelques jours. Il pria qu'on lui accordât la promenade, l'air, des livres, des instruments. Rien de tout cela ne lui fut accordé ; mais n'importe, il demandait toujours.

Il s'était habitué à parler à son nouveau geôlier, quoiqu'il fût encore, s'il était possible, plus muet que l'ancien ; mais parler à un homme, même à un muet, était encore un plaisir. Dantès parlait pour entendre le son de sa propre voix : il avait essayé de parler lorsqu'il était seul, mais alors il se faisait peur. Souvent, du temps qu'il était en liberté, Dantès s'était fait un épouvantail de ces chambrées de prisonniers, composées de vagabonds, de bandits et d'assassins, dont la joie ignoble met en commun des orgies inintelligibles et des amitiés effrayantes. Il en vint à souhaiter d'être jeté dans quelqu'un de ces bouges, afin de voir d'autres visages que celui de ce geôlier impassible qui ne voulait point parler ; il regrettait le bagne avec son costume infamant, sa chaîne au pied, sa flétrissure sur l'épaule. Au moins, les galériens étaient dans la société de leurs semblables, ils respiraient l'air, ils voyaient le ciel ; les galériens étaient bien heureux. Il supplia un jour le geôlier de demander pour lui un compagnon, quel qu'il fût, ce compagnon dût-il être cet abbé fou dont il avait entendu parler. Sous l'écorce du geôlier, si rude qu'elle soit, il reste toujours un peu de l'homme. Celui-ci avait souvent, du fond du cœur, et quoique son visage n'en eût rien dit, plaint ce malheureux jeune homme, à qui la captivité était si dure ; il transmit la demande du numéro 34 au gouverneur ; mais celui-ci, prudent comme s'il eût été un homme politique, se figura que Dantès voulait ameuter les prisonniers, tramer quelque complot, s'aider d'un ami dans quelque tentative d'évasion, et il refusa. Dantès avait épuisé le cercle des ressources humaines.

DOCUMENT 4

ODILON REDON,
Le Prisonnier,
dessin au fusain,
XIXᵉ siècle – Paris,
Musée d'Orsay.

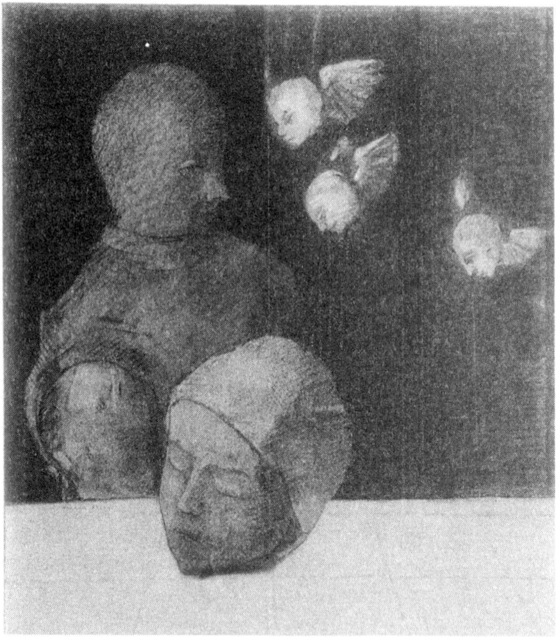

As-tu bien lu ?

1 Quelles sont les différentes prisons évoquées dans chacun des textes ?

2 À quel moment Fabrice revient-il à la réalité ?

3 Pour quelle raison E. Dantès regrette-t-il le bagne ?

4 Le poète en prison, dans le poème d'Apollinaire, se compare à :

☐ un chien ☐ un ours ☐ Dieu

Des situations comparables...

5 Que voit-on de la fenêtre de chacune de ces prisons ?

6 Quels sons perçoit chacun des prisonniers du fond de sa cellule ?

7 Que sait-on de chacune des cellules de ces prisonniers ?

8 Quelles occupations les prisonniers ont-ils dans chacun des textes ?

...qui présentent cependant des différences majeures

9 Lequel de ces textes décrit la prison comme un lieu agréable ? Justifie ta réponse en citant le texte.

10 Comment comprends-tu la phrase : *notre héros se laissait charmer par les douceurs de la prison* (doc. 1) ? En quoi est-elle paradoxale ?

11 Définis l'état mental dans lequel se trouvent les détenus dans chacun des textes. Justifie ta réponse à l'aide de citations.

Lire l'image : *Le Prisonnier*, d'Odilon Redon

12 Décris brièvement l'image. En quoi est-elle fantastique ?

13 Quels sont, selon toi, les éléments qui peuvent évoquer l'idée de l'emprisonnement ?

À toi de jouer

14 **Donne ton avis** : Quelle conception de la prison peut-on dégager dans chacun de ces textes et à la lecture de la reproduction du dessin d'Odilon Redon ?

15 **Rechercher** : Fais un exposé sur le thème de la figure du prisonnier au cinéma en t'appuyant sur l'un des films cités p. 91.
Voici un plan possible pour ton exposé : I) La biographie du réalisateur – II) L'action du film – III) Les personnages principaux – IV) Appréciation personnelle / Intérêt du film – V) La représentation de l'univers carcéral dans ce film.

L'imagerie populaire d'Épinal, à la fin du XIXe siècle, présente aux enfants de France une vision rassurante de la délinquance et de la prison : les braves gendarmes de la République ne se saisissent du petit voleur ou du vagabond que pour une correction juste et non violente, qui a pour but de le punir, tout en lui donnant à réfléchir. La réalité est évidemment plus complexe !
À quoi ressemble la prison au XIXe siècle ? Quels ont été les changements dans les conditions de détention, de l'époque de Hugo à nos jours ? Peut-on ou non parler de progrès ?

À quoi ressemblait la prison au XIXe siècle ? Qu'en est-il aujourd'hui ?

L'ENQUÊTE EN 4 ÉTAPES

1 Quel est le rôle de la prison dans la première moitié du XIXe siècle ?

Jusqu'à la fin du XVIIIe siècle, la prison ne tient qu'un rôle secondaire parmi les sanctions infligées. Elle est un lieu de sûreté, sans être une véritable peine. En effet, les crimes et délits sont le plus souvent « payés » en châtiments corporels : mutilations (fouet, brûlure au fer rouge) ou supplices conduisant à la mort (roue, écartèlement, bûcher, pal…). Lorsque le prévenu[1] est enfermé, c'est le plus souvent en attendant d'être jugé.

● LES PRISONS SOUS L'ANCIEN RÉGIME

La monarchie absolue a toujours installé des prisons dans des châteaux et des forteresses militaires. Il suffisait d'une lettre de cachet[2] pour enfermer ceux qui s'opposaient d'une quelconque façon au roi, mais aussi ceux que leurs proches faisaient incarcérer abusivement : enfant à la merci d'une mésalliance[3], parent aliéné, etc., afin de préserver du scandale l'honneur de la famille !

L'Exécution de Louis Mandrin (1724-1755), gravure du XVIIIe siècle.

1. Prévenu : voir lexique.
2. Lettre de cachet : lettre au cachet du roi, contenant un ordre d'emprisonnement ou d'exil sans jugement.
3. Mésalliance : mariage avec une personne considérée comme inférieure par la naissance ou le milieu auquel elle appartient. C'est notamment le cas des jeunes gens dans les pièces de Molière qui, le plus souvent, veulent se marier par amour, contre l'avis de leurs pères craignant la mésalliance.

Deux célèbres victimes de décisions arbitraires : Fouquet et le Masque de Fer

C'est au château de Vaux-le-Vicomte, que **Fouquet**, ministre de Louis XIV, eut le malheur d'inviter le monarque à une fête somptueuse. Il en fit les frais, puisque le roi, jaloux du bien de son hôte, le fit arrêter en 1661, sur lettre de cachet, et juger, au cours d'un procès partial, dont résulta son enfermement à vie dans la prison d'État de Pignerol. Quant au **Masque de fer**, il s'agit d'un mystérieux prisonnier d'État, interné à Pignerol et au Fort de la Bastille, où il mourut en 1703. Ce surnom lui a été donné car il portait un masque muni d'une fermeture d'acier, de sorte que personne ne connut jamais son identité. Qui était-il ? Certains ont cru voir en lui Fouquet lui-même, d'autres un frère jumeau de Louis XIV, d'autres encore un fils illégitime de Mazarin et Anne d'Autriche, ou encore de Louis XIV et Mlle de La Vallière...

Forteresse de Pignerol (Italie) où fut enfermé le surintendant Fouquet, dessin XVIIe-XVIIIe siècle.

● LA RÉVOLUTION FRANÇAISE

La Révolution française est à l'origine du système pénitentiaire contemporain. En 1789, la *Déclaration des droits de l'Homme et du Citoyen* commande le renoncement à la souffrance physique comme sanction, s'il n'est pas établi que cette souffrance est utile à la société. La liberté devenant le bien le plus précieux, c'est donc **la privation de liberté** qui représente la peine la plus terrible ! Dans le *Code pénal* de 1791, en grande partie inspiré par le juriste italien Beccaria, auteur de *Des Délits et des peines*, les peines d'emprisonnement sont graduées en fonction de la nature du délit. Le plus souvent, le coupable est condamné à l'emprisonnement avec isolement absolu.

LE RETOUR À LA RIGUEUR (1795-1815)

À partir de 1803, des maisons centrales[1] sont ouvertes dans toute la France, installées dans les anciens biens nationaux[2] : abbayes, séminaires ou citadelles. Elles sont organisées autour d'immenses ateliers comme à Fontevrault, le Mont-Saint-Michel, Loos, Poissy, Melun, à partir du début du XIXe siècle.

Réformé en 1810, le nouveau Code civil met l'accent sur la protection de l'ordre public et de la propriété ; il renforce la répression, rétablit les peines perpétuelles de travaux forcés, remet au goût du jour des châtiments physiques de l'Ancien Régime : boulet au pied du forçat ; flétrissure au fer rouge sur l'épaule.

Des inégalités de traitement entre les prisonniers :

Dans ces établissements, les prisonniers pauvres, les **pailleux**, *qui ne sont pas assistés par leur famille, sont regroupés dans le* **quartier du Commun**. *Leurs conditions de vie sont déplorables : ils dorment sur la paille et sont nourris par la charité chrétienne. Les plus riches, à l'inverse, sont logés et nourris à leurs frais, dans des chambres meublées.*

LE RAPPORT DECAZES

En 1819, Decazes, ministre de l'Intérieur, crée *la Société royale pour l'amélioration des prisons*, après avoir remis à Louis XVIII un rapport sur la situation carcérale en France. L'insalubrité[3] des prisons est le premier motif de préoccupation. De plus, les catégories de prisonniers ne sont pas séparées : partout s'entassent dettiers[4], aliénés, filles publiques, adultes et enfants. On construit donc de nouveaux établissements et on crée, dans plusieurs prisons, des ateliers, des chapelles et des écoles. Cette politique ambitieuse est rapidement freinée. En 1827, des statistiques notent l'importance de la récidive[5]. De nombreuses voix s'élèvent alors appelant à davantage de dureté contre les miséreux, que les crises cycliques de la révolution industrielle conduisent en grand nombre à la délinquance. On s'inspire également du système pénitentiaire des États-Unis, qui prône l'isolement comme remède à la récidive. Deux modèles de prisons font débat : le pénitencier de Cherry Hill à Philadelphie applique le régime de l'isolement cellulaire de jour comme de nuit ; la prison d'Auburn associe l'isolement en cellule la nuit et le travail en atelier le jour.

Cette réflexion sur l'isolement cellulaire, relayée par Tocqueville en 1833, fait débat tout au long du XIXe siècle.

1. Maison centrale : voir lexique.

2. Biens nationaux : biens de l'Église et des aristocrates émigrés à l'étranger qui, sous la Révolution, ont été confisqués et vendus au profit de l'État.

3. Insalubre : qui n'est pas favorable à la santé des homme

4. Dettier : voir lexique.

5. Récidive : voir lexique.

2 Qui va en prison et pourquoi ?

Dans* Les Mystères de Paris*, d'E. Sue, le romancier met en scène la figure d'un criminel implacable, toujours prêt à bondir sur de nouvelles proies. Or, cette figure maléfique qui hante l'imaginaire bourgeois de la monarchie de Juillet est bien loin de la réalité ! Dans les prisons croupissent le plus souvent les laissés pour compte des nouvelles mutations démographiques et industrielles, des ruraux misérables ou des prolétaires déracinés... L'effectif des prisons françaises, de 1813 à 1875, varie approximativement de 30 000 à 50 000 détenus. Qui sont-ils vraiment ?

● LES HOMMES

Les prisons renferment toujours plus d'hommes que de femmes, mais le nombre d'hommes est moins élevé au XIXe siècle que de nos jours. L'âge moyen est de 33 ans. La classe des 21-25 ans est la plus représentée. Bien que les condamnés[1] des centrales soient très divers, le profil moyen pourrait se définir ainsi : un journalier agricole célibataire, dans la force de l'âge, condamné pour un vol simple à 3 ans d'emprisonnement correctionnel.

Couverture illustrée pour Les Mystères de Paris *d'Eugène Sue, 1842-1843 – Paris, Bibliothèque des Arts décoratifs.*

1. Condamné : voir lexique.

LES FEMMES

Les femmes représentent 15 à 20 % des prisonniers au XIXe siècle. Comme les hommes, elles sont issues de catégories peu favorisées (souvent des servantes) et sont généralement condamnées pour vol. Les seules accusations spécifiquement féminines sont celles pour déviances sexuelles et infanticides.

LES ENFANTS DÉTENUS

Depuis le *Code pénal* de 1810, les mineurs[1] de moins de 16 ans (âge de la majorité pénale) ne sont en principe plus traités comme des adultes. S'ils sont reconnus comme ayant agi avec discernement, leur peine est réduite au tiers ou à la moitié et on essaie de les placer dans des quartiers séparés. À partir de 1840, afin de rééduquer les jeunes détenus par le travail de la terre, des colonies agricoles[2] voient le jour comme à Mettray. De nombreux témoignages font état de la dureté des conditions de détention dans ces centres.

Hélène Jégado, *serial killer* bretonne

L'exécution d'Hélène Jégado en 1852 a mis fin à la carrière criminelle de cette domestique, empoisonneuse, que personne ne soupçonnait tant elle était pieuse et dévouée à ses maîtres. Elle aurait pourtant commis une trentaine de crimes ! Sa méthode était simple : domestique dans les presbytères et les maisons bourgeoises, elle ajoutait de la mort-aux-rats (c'est-à-dire de l'arsenic) dans les soupes, bouillons et potages qu'elle cuisinait pour ses victimes.

Image d'Épinal, vers 1851.

1. **Mineur** : voir lexique.

2. **Colonies agricoles** : voir lexique

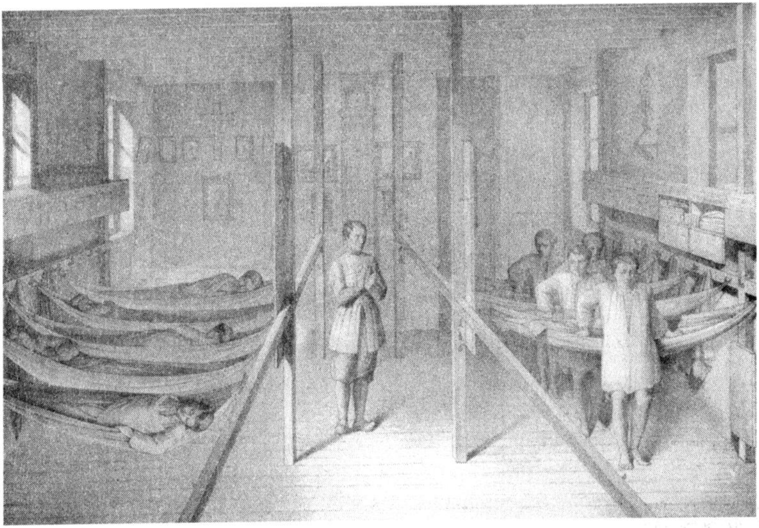

La colonie agricole et pénitentiaire de Mettray, lithographie de Thierry, 1850.

Le témoignage d'un ancien détenu sur la colonie pénitentiaire de Mettray : l'écrivain Jean Genêt

À 14 ans, Jean Genêt est incarcéré à la colonie pénitentiaire de Mettray, jusqu'à sa majorité, à cause de divers délits[3] qu'il a commis. C'est en prison que naîtra sa vocation d'écrivain.

Arrivé à Mettray, c'est au quartier d'abord que l'on me conduisit pour m'y dépouiller de tous mes vêtements qui étaient de ma vie passée. Peu après, j'étais seul en cellule, un petit pauvre entortillé dans une couverture, accroupi dans un coin, lisant cette inscription taillée au couteau dans une lame de parquet : « Pietro, le maître des vampires, c'est ma gueule » ; je distinguais, à travers les murs, le martèlement du sol par de lourds sabots que meuvent quarante ou soixante petits pieds, nus et écorchés. (...)

Extrait de *Miracle de la rose*, de J. Genêt, L'Arbalète, 1946.

3. Délit : voir lexique.

3 Quel est le quotidien des prisonniers ?

À partir de 1795, on crée de grands établissements qui centralisent des condamnés à des peines de plus d'un an, issus de plusieurs départements. Ils sont astreints au travail forcé dans des ateliers. Les prisons deviennent alors des manufactures. Elles sont installées soit dans des abbayes, comme Clairvaux ou Fontevrault, soit dans d'anciens dépôts de mendicité[1], comme à Rennes. Comment s'y déroule la vie des condamnés ?

● UNE JOURNÉE TYPE

Les détenus se lèvent autour de 5 h l'été et de 7 h l'hiver, revêtent le costume pénal obligatoire, le « droguet », et se couchent entre 20 et 22 h. Parmi les 15 heures d'activités quotidiennes, 2 heures sont consacrées à l'hygiène, aux repas et à la promenade ; 13 heures au travail. Le dimanche est chômé.

Le costume pénal masculin

L'uniforme du détenu vise à distinguer le condamné des hommes libres : par son délit, le détenu s'est retranché du corps social. Ce costume, de couleur sombre, est censé révéler son infamie. À partir de 1820, et pendant tout le XIXe siècle, les hommes condamnés reçoivent tous les deux ans : trois chemises, une casquette de feutre gris, deux tabliers de travail en toile, une veste, un gilet, un pantalon en droguet de coton ou de laine, des chaussons, et tous les trois mois, des sabots. Les condamnés ont été astreints à porter le costume pénal jusqu'en 1883.

La Ronde des prisonniers *de Vincent Van Gogh, peinture, 1890 – Moscou, Musée des Beaux-Arts Pouchkine.*

1. **Dépôt de mendicité** : voir lexique.

a corvée de pain à la prison aint-Lazare (Paris), gravure d'après un dessin de G. Amato, XIXe siècle.

TRAVAILLER EN PRISON

Les détenus dépendent d'un entrepreneur général, payé par l'État, qui leur fournit du travail et leur verse un salaire. L'essentiel de ce salaire est dépensé dans la cantine, que l'entrepreneur gère. On peut dire que les condamnés sont exploités : ils ont en effet intérêt à beaucoup travailler afin d'améliorer, par leur faible pécule, la nourriture très insuffisante. Grâce à cette main-d'œuvre bon marché, surveillée gratuitement par les gardiens, les entrepreneurs s'enrichissent considérablement.

DES CONDITIONS SANITAIRES « À FENDRE LE CŒUR »

« C'est à fendre le cœur ! », s'exclame l'inspecteur général des prisons, Alexandre Laville de Mirmont, après avoir visité la maison centrale du Mont-Saint-Michel en septembre 1817. À partir de 1819, de nombreux rapports d'enquête l'attestent : les détenus, sales et en guenilles, s'entassent sur de la paille humide, affamés. En effet, leur menu se compose chaque jour, au mieux, d'un bouillon d'eau grasse et d'une livre et demie de pain. Souvent, ils souffrent de la gale[2], du scorbut[3], de maladies pulmonaires. Enfin, les dortoirs sont humides et malodorants, les baquets d'excréments sont dénués de couvercle ; il fait horriblement froid et les couvertures sont rares.
De nombreuses personnes réclament un traitement plus humain des détenus. Leurs voix sont partiellement entendues et on note, ici et là, des tentatives d'assainissement. Ainsi, on fait fermer certaines geôles malsaines ; le couchage des prisonniers est amélioré grâce à l'apport de lits de camp à sangles.

2. Gale : maladie de la peau.

3. Scorbut : maladie due à l'insuffisance de la vitamine C dans l'organisme. Les malades sont sujets à des hémorragies et perdent leurs dents.

4 Progrès ou régression : quels changements en matière de détention du XIXe siècle à nos jours ?

Durant deux siècles, la politique pénitentiaire s'inscrit dans un mouvement de balancier : mesures humanistes, attentisme, épisodes répressifs.
Aujourd'hui, la surpopulation carcérale hypothèque les améliorations apportées au quotidien des détenus au cours du XXe siècle. La répression des crimes et délits sexuels, du trafic de stupéfiants, des étrangers en situation irrégulière, ainsi que les détentions provisoires de délinquants et l'allongement des peines prononcées ont contribué à l'inflation pénale. Alors, quel devenir pour la prison ?

● DE RÉELLES AVANCÉES...

C'est surtout après la Deuxième Guerre mondiale que l'on peut parler d'avancées : la tonte des cheveux et le port des sabots ne sont plus obligatoires ; les détenus ont accès à des services médicaux ; leur travail doit en principe donner lieu à une formation professionnelle.
Dans les années 1970, les libérations conditionnelles, les permissions de sortie, l'accès au régime de semi-liberté sont facilités.
Dans les années 1980, à l'initiative de F. Mitterrand, alors président de la République, et de son garde des Sceaux[1], R. Badinter, la peine de mort est abolie en France. Les parloirs sans dispositif de séparation sont généralisés. On met fin au travail obligatoire et les travaux d'intérêt général sont proposés comme alternative à la prison.
En 2000, plusieurs prisons expérimentent le bracelet électronique comme alternative à l'incarcération.

1. **Garde des Sceaux** : ministre de la Justice.

● ...ET POURTANT LES DIFFICULTÉS DEMEURENT

En juillet 2000, le rapport d'enquêtes sur les 187 établissements pénitentiaires[2] titre : « Une humiliation pour la République » et s'alarme des conditions de détention « indignes de la patrie des droits de l'homme ». Le constat est impitoyable : les maisons d'arrêt[3] sont souvent vétustes et surpeuplées ; l'hygiène fait cruellement défaut ; les détenus ne sont pas protégés et des zones de non-droit, au sein desquelles règne la loi du plus fort et où s'exercent régulièrement toute sorte de violences (viols, racket...) continuent à exister.

L'abolition de la peine de mort

Le vote de la loi d'abolition de la peine de mort est l'aboutissement d'une lutte entamée dès 1908 par Jean Jaurès et Aristide Briand. À partir de 1978, le combat abolitionniste est mené sans relâche à l'Assemblée et Robert Badinter finit par l'emporter en France en septembre 1981. Avocat de formation, il poursuit la lutte : bien que supprimée dans la majorité des pays européens, la peine de mort continue à être appliquée, notamment en Chine et aux États-Unis.

Interview de Robert Badinter (ministre de la Justice) en août 1981 lors de la défense de son projet de loi pour l'abolition de la peine de mort.

2. Établissement pénitentiaire : voir lexique.

3. Maison d'arrêt : voir lexique.

Petit lexique des prisons

Colonie agricole	Établissement qui recevait des mineurs que le travail de la terre visait à amender.
Condamné	Personne qui fait l'objet d'une décision judiciaire lui infligeant une peine.
Cour d'assises	Tribunal qui juge les crimes, dont les jurés, et non le juge, prononcent la sentence.
Cour de cassation	Juridiction qui peut examiner la légalité d'un verdict, « casser » une décision.
Crime	Infraction justiciable de la cour d'assises.
Délit	Infraction justiciable du tribunal correctionnel.
Dépôt de mendicité	Établissement dans lequel on enfermait les mendiants et les vagabonds, mis en place dès 1767.
Dettier	Au XIXe siècle, personne condamnée à la prison pour dettes.
Établissement pénitentiaire	Il en existe aujourd'hui cinq types qui diffèrent selon les régimes de détention et les catégories pénales : les centres de détention, les centres de semi-liberté, les maisons d'arrêt, les maisons centrales et les centres pour peines aménagées.
Maison centrale de force et de correction (ou maison centrale de détention)	Prison pour les criminels condamnés à la réclusion à plus d'une année, pour les condamnés correctionnels, pour les forçats septuagénaires et pour les femmes condamnées aux travaux forcés. À partir de 1975, établissement recevant des détenus « dangereux ».

Maison d'arrêt	Prison départementale, qui ne reçoit en principe que des condamnés dont le reliquat de peine est inférieur à un an.
Mineur	La minorité pénale est fixée à 16 ans de 1791 à 1906. Elle passe ensuite à 18 ans.
Pécule	Portion du salaire du détenu lui revenant une fois prélevée la part de l'administration.
Prévenu	Détenu faisant l'objet de poursuites pénales, sans avoir encore été jugé.
Quartier	Bâtiment où l'on enferme des prisonniers.
Récidive	Fait de commettre une nouvelle infraction, passible d'une condamnation pénale, après avoir été condamné pour une peine de même nature (cause d'aggravation de la peine prononcée par le tribunal). Un **multirécidiviste** se rend coupable de nombreuses infractions du même genre.
Surveillant	Terme remplaçant celui de *gardien* en 1919.

Petit lexique d'analyse littéraire

Convaincre et persuader

Pour **convaincre** un interlocuteur, on fait appel à la raison : l'enchaînement des idées, la confrontation des thèses, le choix d'arguments pertinents sont alors à privilégier. Pour le **persuader**, on s'appuie sur les sentiments : on cherche alors à produire un discours qui cherche à établir une complicité avec le destinataire en suscitant une adhésion complète, aussi bien rationnelle que sentimentale. Un discours qui vise à persuader est marqué par la subjectivité du locuteur et par la prise en compte du destinataire ; il se caractérise par l'emploi de **procédés oratoires** (qui conviennent à l'art de parler en public).

Ellipse

Période passée sous silence.

Ordre de la narration

Histoire = les faits tels qu'ils sont censés s'être déroulés.
Récit = fait de raconter l'histoire, le texte, tout énoncé produit.
Dans un récit, le narrateur peut choisir de raconter son histoire dans l'ordre où elle est supposée s'être déroulée (l'ordre chronologique). Mais il peut choisir de bouleverser cet ordre en faisant des **anticipations** (raconter quelque chose qui doit se dérouler plus tard) ou des **retours en arrière**.

Parallélisme

Le parallélisme est une figure de style qui met en parallèle deux groupes de mots, pour souligner une opposition.

Scène

On parle de scène dans un récit lorsque le temps de l'histoire est à peu près égal au temps du récit ; autrement dit, lorsque le narrateur donne au lecteur l'illusion que la durée des événements racontés équivaut au temps qu'il met à lire le texte.

Sommaire

Période de l'histoire résumée brièvement.

Texte polémique

Un texte polémique est un discours agressif à visée dénonciatrice qui discrédite l'adversaire (ou la thèse adverse) par des procédés violents (ironie, insultes, apostrophes, lexique dévalorisant...). On recourt au registre polémique pour attaquer ou défendre un comportement, un mode de vie, une institution, une œuvre...

À lire et à voir

● POUR MIEUX CONNAÎTRE L'UNIVERS DE LA PRISON

J.-C. Vimont
La Prison : À l'ombre des hauts murs
DÉCOUVERTES GALLIMARD, 2004

Un ouvrage documentaire passionnant.

A. Sarrazin
La Cavale
JEAN-JACQUES PAUVERT, 1965

Un témoignage sur les prisons de femmes, avant les réformes...

S. Rozenberg
Luke la main froide
1967

Un film magnifique avec P. Newman en bagnard mystérieux et obstiné, capable d'absorber 50 œufs, comme de tenir tête aux autorités, sans jamais verser le sang !

J. Renoir
La Grande Illusion
1937

Pendant la Première Guerre mondiale, le capitaine de Boëldieu et le lieutenant Maréchal sont faits prisonniers dans un camp. Ils font la connaissance d'autres prisonniers. Ensemble, ils décident de tout mettre en œuvre pour s'évader et commencent à creuser un souterrain...

D. Siegel, *L'Évadé d'Alcatraz*, 1979

D. Lean, *Le Pont de la rivière Kwaï*, 1957

F. J. Schaeffner, *Papillon*, 1973

R. Thorpe, *Jailhouse rock*, 1957

Musée des prisons à Fontainebleau

Visites sur rendez-vous uniquement.

http://www.justice.gouv.fr

Le site du ministère de la Justice comporte des liens avec plusieurs autres sites, dont celui du musée national des prisons.

POUR MIEUX CONNAÎTRE VICTOR HUGO

Delphine Dussart
Victor Hugo
HATIER, FIGURES DE L'HISTOIRE, 2002

Une biographie historique claire, qui retrace les grandes lignes de la vie de Hugo.

P. Besnier
L'ABCdaire de Victor Hugo
FLAMMARION, 2002

Un dictionnaire très complet et agréable à lire, qui vous rendra familier l'univers de Hugo.

F. Truffaut
Adèle H
1975, AVEC I. ADJANI

Une fiction qui s'inspire de la réalité : la seconde fille de Hugo, éperdument amoureuse d'un jeune militaire qui ne partage pas son amour, sombre dans la folie.

http://www.victorhugo.culture.fr

Un site très complet créé en 2002 par le ministère de la Culture à l'occasion du bicentenaire de la naissance de Hugo.

Maison de Victor Hugo

6, place des Vosges 75004 Paris

D'AUTRES TEXTES ENGAGÉS DE VICTOR HUGO

Le Dernier Jour d'un condamné
1829

À la fois un roman, qui prend la forme du journal d'un prisonnier, et un réquisitoire contre la peine de mort. Un très beau texte qui pourra stimuler votre réflexion pour l'étude de *Claude Gueux*.

Les Misérables
1862

Sans doute l'œuvre la plus lue de Hugo. Un roman qui s'organise autour du personnage de Jean Valjean, ancien forçat, depuis sa sortie de prison en 1815 jusqu'à sa mort en 1833.

DES ŒUVRES DE VICTOR HUGO ADAPTÉES EN FILMS

C. Schatzky
Claude Gueux
2009

Avec S. Le Bihan, pour France 2.
Ce film est actuellement en préparation.

R. Hossein
Les Misérables
1982

Avec L. Ventura, J. Carmet, M. Bouquet.
Ou le téléfilm réalisé par J. Dayan, en 2000, avec G. Depardieu et A. Argento.

Table des illustrations

Iconographie : Hatier Illustration
Principe de maquette : Marie-Astrid Bailly-Maître & Sterenn Heudiard
Suivi éditorial : Marjorie Champetier
Illustrations intérieures : Jean-Marc Pau
Mise en pages : Facompo

PAPIER À BASE DE FIBRES CERTIFIÉES

Hatier s'engage pour l'environnement en réduisant l'empreinte carbone de ses livres. Celle de cet exemplaire est de :
250 g éq. CO_2
Rendez-vous sur www.hatier-durable.fr

Achevé d'imprimer en Espagne par Black Print
Dépôt légal 95914-1/13 - janvier 2024

95